स्मृति-आख्यान

इत्यादि

लेखक की कृतियाँ

कविता-संग्रह

एक दिन लौटेगी लड़की (1989)
अँधेरे में बुद्ध (1996)
यह आकांक्षा समय नहीं (1998)
थपक थपक दिल थपक थपक (2003)
मैं जब तक आई बाहर (2018)
प्रतिनिधि कविताएँ (2023)

यात्रा-वृत्तान्त

अवाक् (2008)

स्मृति-आख्यान

दिल्ली में उनींदे (2000)
इत्यादि (2019)

साहित्यिक निबन्ध

देह की मुँडेर पर तथा अन्य निबन्ध (2019)

अनुवाद-सम्पादन

जंगल में झील जागती : हरिभजन सिंह की प्रतिनिधि कविताएँ (1989)
देवदूत की बजाय कुछ भी : ज़्बीग्निएव हेबैर्त की कविताएँ (2022)
तेजस्विनी : अक्का महादेवी के वचन (2023)

इत्यादि

गगन गिल

राजकमल पेपरबैक्स

पहली बार वाणी प्रकाशन से 2019 में प्रकाशित

राजकमल पेपरबैक्स में
पहला संस्करण : जुलाई, 2024

राजकमल पेपरबैक्स : उत्कृष्ट साहित्य के जनसुलभ संस्करण

राजकमल प्रकाशन प्रा. लि.
1-बी, नेताजी सुभाष मार्ग, दरियागंज
नई दिल्ली-110 002
द्वारा प्रकाशित

शाखाएँ : अशोक राजपथ, साइंस कॉलेज के सामने, पटना-800 006
पहली मंजिल, दरबारी बिल्डिंग, महात्मा गांधी मार्ग, प्रयागराज-211 001
1, अनमोल सोराबजी सन्तुक लेन, मरीन लाइंस, मुम्बई-400002

वेबसाइट : www.rajkamalprakashan.com
ई-मेल : info@rajkamalprakashan.com

विकास कंप्यूटर एंड प्रिंटर्स
ट्रॉनिका सिटी-201 102
द्वारा मुद्रित

मूल्य : ₹299

ITYADI
Belles-Lettres by Gagan Gill

ISBN : 978-93-6086-781-2

इत्यादि

क्रम

भूमिका

जीवन अपना रास्ता किस दिशा में बना लेगा, यह हमें भी नहीं मालूम होता जो समझते हैं, अरे हमने तो अपने भाग्य का हर दिन तय किया था, जाने के लिए दूसरा रास्ता चुना था, यहाँ कहाँ आ निकले!

कारण शायद यह होगा कि जितना हम दिन में चलते हैं, उतना रात को, शैया पर निस्पन्द पड़े हुए।

हम समझते हैं हमने एक शाम के बाद दूसरी सुबह शुरू की है। समुन्दर में नौका वहीं पर रुकी रही होगी।

हमारी नौका बहते-बहते किस अक्षांश तक जा चुकी, यह तब तक भान नहीं होता, जब तक सचमुच बहुत सारे दिन दूसरी दिशा में न निकल गए हों।

अपने इन स्मृति-आख्यानों को पढ़कर ऐसा ही लग रहा है।

मैं यहाँ आने को तो कभी निकली ही नहीं थी...

मैंने अपना हर दिन सजग रूप से अध्ययन-मनन, एकान्त और यात्राओं के बीच ही बिताया था। फिर यह कौन आ गया सामने से?

क्या मैं इसे पहचानती हूँ, जिसका नाक-नक़्श मेरे जैसा है?

कहाँ 1984 के दंगों से बच निकली मैं, एक युवा लड़की। कहाँ 2011 में सारनाथ में बौद्ध धर्म की दीक्षा लेती एक प्राचीन स्त्री। 2014 में कोलकाता में शंख दा से पहली ही भेंट में गुरुदेव टैगोर के बारे में बात करती हुई एक लगभग ज्वरग्रस्त पाठक।

ये मेरे जीवन के ठहरे हुए समय हैं, ठहरी हुई मैं हूँ।

बहुत सारे समयों का, स्मृतियों का घाल-मेल। कभी मैं ये सब कोई हूँ, कभी इनमें से एक भी नहीं।

तारों की छाँह में चलने जैसा है सब।

मैं धूप में बड़े जीवट से खड़ी रही हूँ, समाज और संसार ने उसे देखा है। लेकिन बाँटने के लिए यही है, जो तारों की लौ में मेरे साथ चला आया है।

बीत गए जीवन का पुण्य-स्मरण।

एक लेखक के आन्तरिक जीवन का एडवेंचर।

भविष्य में यदि किसी दिन मैं लेखक बची रह सकी, तो इसलिए कि ऐसी बीहड़ जगहों से बहती हुई मैं किनारे पहुँची थी।

हर लेखक शब्द नहीं, शब्दातीत को ही ढूँढ़ता है हर क्षण।

बरसों पहले के इस अहसास में आज भी मेरी वही गहरी आस्था है।

12 अप्रैल, 2018 **—गगन गिल**

बदलकर फ़क़ीरों का भेस

पता नहीं, हमारे यहाँ यह मान्यता पहले-पहल कब आई कि फ़क़ीर का भेस बदलकर कोई हमें, हम सबको, देखने आता है, ख़ासकर 'तमाशे' के वक़्त! बहरहाल ग़ालिब साहब के यह फ़रमाने के वक़्त कि—*बदलकर फ़क़ीरों का भेस हम 'ग़ालिब' तमाश-ए-अहले-करम देखते हैं*—के बहुत पहले से यह सवाल हमारी हस्ती, हमारी चिन्ता, हमारी चेतना के केन्द्र में रहता आया है।

हो सकता है, कई हज़ार साल पहले जिस दिन मनुष्य ने घर और समाज बनाने का निर्णय किया था, हमारी अवधारणा का पहला फ़क़ीर भी बन गया था। एक ऐसा स्वतंत्रचेता मनुष्य, जिसे न समाज की ज़रूरत थी, न ईश्वर की।

फ़क़ीर यानी फ़ाके पर ज़िन्दा रह लेने वाला।

और फ़ाका सिर्फ़ भोजन का नहीं, मोह-माया का, बन्धन और पाश का भी।

लेकिन पूरी तरह फ़ाका भी नहीं। ज़रूरत भर अन्न, मानवीय बने रहने लायक़ मनुष्यों से मोह और बन्धन भी, जिसे गुरुवाणी में *हम प्रेम-बन्धन तुम बाँधे* कहा गया है, जैसे सारा संसार विस्मय का खेल हो।

फ़क़ीर ईश्वर से चकित हो और साधारण मनुष्य फ़क़ीरों से!

और बीच-बीच में फ़क़ीर, मनुष्य, ईश्वर सब एक-दूसरे से चकित होते रहते हों।

ग़ौरतलब यह भी है कि फ़क़ीरी का भेस से गहरा सम्बन्ध जान पड़ता है और भेस का सम्बन्ध रूप-बहरूप से।

जिस तरह फ़क़ीरी तबीयत सब धुल गए रंगों का शेष है, सादी, मटमैली, उसी तरह फ़क़ीरी का भेस बहरूपिये का चटख रंग है। बहरूपिया फ़क़ीर हमें हमारे अनसोचे तलघर दिखलाता है और सच्चा फ़क़ीर वह आलमी ऊँचाई, जहाँ सादगी में सहज ही पहुँचा जा सकता है। हमारी प्राचीन कहानियों में राजा रात में भेस बदलकर जनता का सच्चा हाल जानने निकलते थे और देवता अपने भक्तों की परीक्षा लेने।

देखा जाए तो हमारे महाकाव्य रामायण के केन्द्र में दो भेसों द्वारा उत्पन्न किया संकट है। साधु-भेस में रावण और बहरूप-भेस में राजा राम।

प्रपंचक साधु रावण सीता को यह कहकर धर्म-संकट में डालता है कि—सीमा में बँधा दान नहीं चाहिए, देना है, तो इस रेखा से बाहर आकर दो! और राजा राम भेस बदलकर न गए होते तो न उनका कभी साधारण जनता की क्षुद्र मानसिकता से साक्षात्कार होता, न मर्यादा का मानदंड स्थापित करते हुए उनकी वैसी त्रासद नियति हुई होती।

यह और बात है कि राम एक अवतार थे और हमारे यहाँ अवतार का आदर्श है कि वह असीम दुख में से गुज़रकर दिखाए, कि देखो, इसे ऐसे सहा जाता है...

हर सभ्यता ने मनुष्य के दुख को, उसके कारण को, उससे मुक्ति को अपनी-अपनी तरह से समझने का यत्न किया है। हमारे यहाँ दुख, दुख का ज्ञान, दुख से विरक्ति—ये तीन अलग-अलग अवस्थाएँ मानी गई हैं। ये तीनों अपनी अवस्था में नहीं, अपनी अवस्था के पड़ोस में रहकर समझ में आते हैं।

यह अकारण नहीं कि हमारे जीवन की चार पारम्परिक अवस्थाओं में पहली अवस्था—ज्ञान-अर्जन की अवस्था—ब्रह्मचर्य की है।

कीचड़ में लिथड़ने से पहले तैराकी का अभ्यास।

ज्ञान देने वाला गुरु गृहस्थ हो सकता है, लेकिन लेने वाला नहीं।

काया जीव का जंजाल न होती तो न फ़क़ीर होते, न ब्रह्मचारी। न भटके हुए मनुष्य होते, न बरग़लाने वाले संन्यासी।

क्या इसीलिए हमें अक्सर अपने जीवन में सत्य की बजाय सच्चे फ़क़ीर की ज़रूरत पड़ती है?

सच्चा फ़क़ीर हमारे अर्धसत्य से, हमारे दम्भ से, आत्मधारणा की वास्तविकता से हमारा साक्षात् करवाता है। वह एक बिम्ब है जो अपने आख्यान से बाहर आता है। हमारी समस्त गल्प-कथाओं में ऐसे क्षण ठिठके पड़े हैं।

हमारे आराध्य आदि फ़क़ीर शिव, तपस्या करती गौरा को समझाने गए कि जिसके लिए तुम तप कर रही हो, उसका साथ इस संसार में जीने लायक़ नहीं है। न उसके पास सुविधाएँ हैं न रूप। न ऐसे संगी-साथी कि तुम एक सुखी संसार बसा पाओ।

फिर एक दूसरी कथा में भगवान विष्णु आते हैं याचक वामन के रूप में, आत्मगर्वित बाली का दम्भ तोड़ने—कि देखो, अपने दान-दम्भ का अन्त देखो। तुम जो कुछ दे सकते थे, वह मैंने अपने दो पगों में समेट लिया, अब मैं तीसरा क़दम कहाँ रखूँ?

महाभारत के युद्ध में कर्ण वध्य हो सके, इसके लिए उसके कवच-कुंडल, जो उसे एक देवता ने वरदान-स्वरूप दिये थे, दूसरे देवता छल से भिखारी दान-स्वरूप ले जाते हैं। इतना ही नहीं, जब वह अन्तिम साँसें गिन रहा है, वही देवता उसकी दानवीरता की परीक्षा करने पहुँचते हैं। और कहते हैं भूल गए, तुम्हारे मुँह में एक सोने का दाँत है जो तुम दान कर सकते हो?

युद्ध में घायल, मरणासन्न कर्ण रेंगता हुआ पास पड़ा पत्थर उठाता है, उसकी चोट से अपना दाँत तोड़ता है और दान कर देता है।

रक्त से सना सोने का दाँत।

यह दान है या किसी आदर्श दान का बिम्ब?

स्वर्ण तो ठीक है, कोई भी दे सकता है, परन्तु क्या तुम 'पीड़ा का' स्वर्ण दे पाओगे? वह स्वर्ण, जो तुमने इतनी पीड़ा के बाद पाया है, जिसे इतनी पीड़ा के साथ तुमने स्वयं से अलग किया है, उसे दे पाओगे?

अभी पिछले दिनों एक सूफ़ी कलाम सुनते हुए मैंने पीर-फ़क़ीर और पीड़ा का सम्बन्ध जाना। *पीर मिलिआँ जे पीड़ न जाए, उसनूँ पीर की धरना हू।*

सुलतान बाहू का कलाम है।

पीर मिलने से अगर पीड़ा न जाए तो उसे पीर क्या मानना!

पीर का काम है, वह हमें इस संसार से नहीं, इस संसार की पीड़ा से छुटकारा दिलवाए। सच्चा पीर यह करता भी है।

जिसने इस संसार का खेल खेलना ही छोड़ दिया, उससे बेहतर इसकी व्यथा-कथा कौन जानेगा?

अक्सर पीरों-फ़क़ीरों को देख एक अनजाना डर हमें आ घेरता है। जैसे अदृश्य चित्रगुप्त हमारे कन्धों से उतरकर साक्षात हमारे सामने आ गए हों। जैसे वे हमारे किसी अँधेरे रहस्य को जानते हों, जिसका सामना करने की कभी हमारी हिम्मत नहीं होगी।

अगर उनके चोग़े में हमारी जन्नत की चाबी रहती है, तो जहन्नुम की भी। बक़ौल बाबा शेख़ फ़रीद—*काली मेरी कंबली काला मेरा वेष, गुनहीं भरिआ मैं फिराँ लोग कहन दरवेश।*

मुमकिन है, आत्मा के इन अँधेरे प्रश्नों का सामना करने के लिए ही हर व्यवस्था ने उन्हें सजाएँ दीं! जितने मुश्किल उनके उठाए गए सवाल थे, उतनी ही भीषण उनकी यंत्रणाएँ।

यक़ीनन, इस सच से कोई इनकार नहीं कर सकता कि जब तक इस दुनिया में हम और हमारे झूठ-सच हैं, इसे फ़क़ीरों की, उनकी लीलाओं की ज़रूरत है। हमारे एक फ़क़ीर नारद मुनि तो ऐसे लोकप्रिय हुए हैं कि पाखंड का

खंडन करने वाले मुहावरे में बदल चुके हैं। सम्भव है, उनके हमारी संस्कृति के तीन अमर्त्य पात्रों में से एक होने का यही कारण हो!

समय और सत्य भले बदल जाएँ, मनुष्य और नीतिशास्त्र बदल जाएँ, इस पृथ्वी पर मनुष्य होने की घटना और विडम्बना का मापदंड तो स्थिर ही रहना चाहिए।

[2002]

एक छोटा-सा दिलासा

कुछ वर्ष पहले एक फ़ोन आया। उधर से एक बुज़ुर्ग मर्दाना आवाज़। पूछा, *आप वही गगन गिल हैं, जो किताबें लिखती हैं?*

मैं कुछ असमंजस में पड़ी। लिखती हूँ, तो देर-सबेर दूसरों को पता चल ही जाता है। अटकी होती हूँ क़लम की नोक पर, महीने, साल-दर-साल, यह मेरे और ख़ाली काग़ज़ के अलावा कोई नहीं जान पाता।

झिझकते हुए मैंने कहा, जी।

हमारी एक परिचित हैं, विकलांग हैं, बेचैन हैं, आपसे बहुत मिलना चाहती हैं। मुझसे आपका नम्बर ढूँढ़ने को कहा। आप मिल पाएँगी उनसे?

जी, क्यों नहीं? ज़रूर।

ઙ

अगले दिन फ़ोन पर वह महिला स्वयं थीं। बोलीं, *दूर शहर से आई हूँ। अब दिल्ली के पास रहती हूँ। आपको कुछ बताना चाहती थी। गर्दन से नीचे अपाहिज हूँ। क्या मिलने आ सकती हूँ?*

ज़रूर आइए।

आपके घर में सीढ़ियाँ हैं?

नहीं, हम नीचे की मंज़िल में रहते हैं।

बिलकुल नीचे?

नहीं, शायद दो-तीन सीढ़ियाँ होंगी।

दो हैं या तीन?

मैंने ध्यान नहीं दिया।

मुझे कारण समझ में नहीं आया। कुछ देर वह उखड़ी-उखड़ी बात करती रहीं। फिर कहा, बाद में फ़ोन करूँगी।

क़रीब आधा दिन बीत जाने के बाद अचानक कारण मेरी पकड़ में आया।

ଓ

वह मुझसे मिलना चाहती थीं, मुझे कुछ बताना चाहती थीं, जाने किस बात ने उन्हें भरोसा दिया था कि मुझसे सब कह सकती हैं। मैं थी लेकिन न केवल अजिज्ञासु, बल्कि उनकी व्यावहारिक परेशानी से भी लापरवाह।

सीढ़ियों में दो या तीन का अन्तर उनके लिए क्या मायने रखता था, एक सीढ़ी के फ़ासले में उनकी काया के लिए कितनी व्यथा छिपी थी, मुझे न इसका अनुमान था, न कल्पना।

फिर आने वाले दिनों में ऐसा हुआ कि वह महिला कुछ-कुछ अन्तराल पर फ़ोन करने लगीं।

जैसे फ़ोन रखने के बाद भी वह बात करती रहती हों, जैसे हम एक ही जल में तैरती मछलियाँ हों। ऊपर सतह पर आकर साँस लेने का क्षण आता तो वह मेरा नम्बर मिला लेतीं।

हर बार यही कहतीं, *मैं आपको कुछ बताना चाहती हूँ।*

क्या?

उनकी बातों से कुछ पकड़ में न आता। क्या बताना चाहती हैं?

ଓ

धीरे-धीरे मैं उनके बारे में काफ़ी कुछ जान गई। बरसों पहले उन्होंने अपने प्रदेश की यूनिवर्सिटी से अर्थशास्त्र में एम.ए. किया था। एक सम्भ्रान्त परिवार में

उनका जन्म हुआ था, फिर एक सम्भ्रान्त परिवार में विवाह। इस समय उनकी आयु सैंतालीस वर्ष थी। एक बेटा था, चौबीस बरस का।

मालूम है, मैं आपसे क्यों मिलना चाहती थी?

क्यों?

मेरे गुरुजी ने बताया, कुछ साल पहले जब आप उनसे मिली थीं, आपने उनसे पूछा था, जीवन क्या है?

पता चला, उनके गुरुजी हमारे अच्छे मित्र थे। एक अद्वितीय बौद्ध भिक्षु।

मालूम है, उस समय क्या बजा था? वह सात से साढ़े आठ के बीच का वक़्त था जब आपने उनसे प्रश्न पूछा था।

जिस घटना का समय मैं भूल गई थी, उसे उनकी जिज्ञासा ने जान लिया था।

मैंने गुरुजी से कहा, जिन्होंने ऐसा सुन्दर प्रश्न किया है, मैं उनसे मिलना चाहती हूँ।

प्रश्न साधारण था। लेकिन काया उनकी परीक्षा पल-पल लेती थी, सहनशक्ति की सीमा की। अपने एकान्त में यह प्रश्न वह जाने कितनी बार दोहराती होंगी, पीड़ा की एक लहर से दूसरी लहर तक जाती हुई, जीवन क्या है।

जीवन क्या है?

आप तो बहुत कुछ जानती हैं।

ত্থ

मुझे अच्छी तरह वह दिन याद था। 30 मई, 1997। रिनपोछे हमारे घर आए थे। पहली बार। करोल बाग में। निर्मल के मूर्तिदेवी पुरस्कार समारोह में नहीं आ पाए, तो बाद में आए।

मैंने उनसे पूछा था, *दुख अनित्य कैसे हो सकता है? वह तो हरदम हमारे साथ लगा रहता है। सिर्फ़ सुख अनित्य लगता है। इससे पहले कि उसे पकड़ पाएँ, वह भंगुर हो जाता है, जबकि दुख की निरन्तरता बनी रहती है।*

कुछ समय वह मौन रहे। फिर धीमी आवाज़ में कहा।

दुख यदि अनित्य नहीं होता, तो हम जी कैसे पाते?

रिनपोछे इसी तरह अचानक अपने एकान्त में चले जाते थे, यह मैंने बाद के वर्षों में जाना।

ठीक ही कह रहे थे।

कई बिम्ब मेरे सामने कौंध गए, अपने छोटे-से जीवन के, विलाप और मूर्च्छा के। पीड़ा-स्थल पर पड़ी हुई मैं। स्वयं को दूर से देखती हुई मैं।

ईश्वर ने क्षणभंगुरता क्या इसीलिए हमें दी है कि हम स्वयं को झेल सकें? अपने क्रोध, अपने शोक से स्वयं को बचा सकें?

मेरे पास जीने के लिए सब कुछ है, एक शरीर के अलावा। एक दिन उन महिला ने कहा।

एक शरीर के अलावा सब कुछ?

क्या यही वह बात थी जो वह मुझसे कहना चाहती थीं? इस एक वाक्य को कहने के लिए ही बार-बार फ़ोन करती थीं? दूसरी-दूसरी बातें करती थीं। पीड़ा के गिर्द चक्कर काटती रहती थीं। केन्द्र कहाँ है, उसे ढूँढ़ नहीं पाती थीं।

एक शरीर के अलावा।

सब कुछ? जीने के लिए सब कुछ?

कितना कुछ चाहिए होता है जीने के लिए। भोजन, सुख-सुविधाएँ, प्रेम, सुरक्षा लेकिन सबसे अधिक यह शरीर और मन। इनमें से एक के जड़ होते ही दूसरा जड़ होने लगता है। जीवन की बखिया उधड़ने लगती है।

उनका स्वर एक जड़ हो गए शरीर में से बोलता रहता, मैं फ़ोन पर जड़ हुई उन्हें सुनती रहती।

पिछले बीस वर्षों में धीरे-धीरे उनकी देह बेकार हो गई थी। नहाते समय अब लोटा भी नहीं उठ पाता था। समस्त नित्य-कर्मों के लिए वह दूसरों के आसरे थीं। हाथों में थोड़ी-सी पकड़ बची थी। धीरे-धीरे लिख पाती थीं, बस।

क्या मालूम! पिछले जन्म का कोई पाप होगा। इलाज के लिए पति विदेश भी ले गए थे पर कोई लाभ नहीं हुआ। फिर आठ साल तक मैं अपने पति से अलग रही, उसी शहर में। डेढ़ बरस के अपने बेटे के साथ। शरीर धीरे-धीरे बेकार हो रहा था। मेरे बेटे ने छुटपन से ही मेरा सब काम किया। और कोई था ही नहीं। फिर रिश्तेदारों ने बीच-बचाव किया। पति से कहा, तुमने उसे इस हाल में त्याग दिया, अच्छा नहीं किया। उनका दो मंज़िला मकान था। नीचे मैं और बेटा रहने लगे। ऊपर मेरे पति और उनका परिवार। अब पिछले कुछ समय से मेरे पति अपना व्यापार दिल्ली ले आए हैं।

और आपका बेटा?

वह उसी शहर में है। मेरे कारण उसकी पढ़ाई बीच में ही छूट गई थी। उसके साथ मेरा सम्बन्ध बहुत अच्छा था लेकिन अब वह मुझे देख भी नहीं सकता। कहता है, तुमने मेरी और पापा की ज़िन्दगी बर्बाद कर दी। तुमने मुझे किसी बात से नहीं रोका, मेरे लिए किसी से कोई लड़ाई नहीं की। सबकी माँएँ अपने बच्चों के लिए लड़ती हैं, तुम हमेशा चुप रहीं।

उनके पति ने उनकी छोटी बहन से विवाह कर लिया था, उससे दस साल की उनकी बेटी थी। एक ही घर में रहते थे वे। एक हिस्से में वह महिला और उनकी आया, दूसरे में बाक़ी सब।

बहन के साथ आपका सम्बन्ध कैसा है?

उनके विवाह से पहले तक ठीक था। अब वह कहती है, हम तुम्हें देख भी नहीं सकते। तुम हमारी ज़िन्दगी से कहीं दूर चली जाओ। जो भी इस घर में आता है, सबसे पहले तुम्हें देखने, तुमसे बात करने आता है। हमें क्या पता था, इतने साल तुम बनी रहोगी, इस घर में, हमारे जीवन में।

वह रो रही थीं, *गगन जी, यह बात मैं आपसे मिलकर बताना चाहती थी!*

कौन-सी बात? अपने शरीर में यों जड़े जाने की बात?

अब और नहीं सहा जाता। कई बार सोचती हूँ, आत्महत्या कर लूँ। आप बताइए? क्या मुझे जीना चाहिए।

मैंने उन्हें कभी देखा नहीं, न उन्होंने मुझे।

भाग्यशाली हैं वे सब, जिनकी मृत्यु एक झटके में आती है, जिन्हें पल-पल उसकी छाया का विस्तार देखना नहीं पड़ता।

मैं चुप हूँ, उसी जल में डूबती हुई, जिसमें हम दोनों कई दिनों से तैर-उतरा रही हैं।

इस समय उन्हें कोई बड़ा सत्य नहीं चाहिए। बस छोटा-सा दिलासा, एक तिनका, जो उनके काम आ सके।

काफ़ी देर बाद उनसे कहती हूँ। पता नहीं उनसे या स्वयं से।

आपको मालूम है, आपके पास सबसे सुन्दर क्या चीज़ है? आपका मन। जानती हैं, यह एक दुधारी तलवार है? यह जीने के काम भी आ सकती है, मरने के भी। अभी आप इसे जीने के काम में लाएँ। मरा तो कभी भी जा सकता है। नहीं?

वह रो रही हैं, मैं सुन रही हूँ।

हम जी रहे हैं, हम मर रहे हैं।

हम एक ही समय में दोनों काम कर रहे हैं। लेकिन अभी हममें सिर्फ़ जीने की चेतना है, असह चेतना।

[2002]

अनलिखी किताबों का रंज

हैलो, मैं पॉल एंगल बोल रहा हूँ...क्या गगन गिल हैं? आज ही हमें भारत से चिट्ठी मिली है। हमें बड़ी ख़ुशी है, इस बार भारत से आप आई हैं। आप इस इतवार को क्या कर रही हैं? शाम को हमारे यहाँ डिनर पर आ सकेंगी? मेरी पत्नी हुआलिंग आपको मेफ़्लॉवर से पिक-अप कर लेंगी।

पिछले साल 24 अक्टूबर को सुबह-सुबह पॉल एंगल का जब फ़ोन आया तो मैं अभी गहरी नींद में थी। नींद की धुंध के उस पार पॉल एंगल की आवाज़ धूप जैसी साफ़ चमक रही थी और मैं जल्द से जल्द उस तक पहुँचना चाहती थी।

पॉल, मैं आपकी आवाज़ सुनकर कितनी ख़ुश हूँ, बता नहीं सकती। मैं आपसे सम्पर्क करने ही वाली थी। लेकिन पॉल...इस इतवार की शाम तो मुझे प्रेयरी लाइट्स बुक स्टोर में रीडिंग करनी है। क्या सोमवार को...?

हाँ, हाँ, क्यों नहीं। सोमवार भी ठीक है। कितने बजे?

साढ़े पाँच बजे?

ठीक।

ও

पॉल एंगल। हुआलिंग नेह-एंगल।

आयोवा यूनिवर्सिटी के इंटरनेशनल राइटिंग प्रोग्राम के संस्थापक डायरेक्टर।

दिल्ली के साहित्यिक जगत में जब-जब ये दो नाम कानों में पड़ते, एक विचित्र आभा में चमकने लगते थे। आयोवा का निमंत्रण अभी मिला ही था कि इन दोनों से मिलने की जिज्ञासा ऊपर उभर आई थी। जैसे इन दो नामों के बिना आयोवा का आयोवा होना असम्भव हो।

वॉशिंगटन में प्रोग्राम के नये डायरेक्टर क्लार्क ब्लेज़ ने पूछा था, *आयोवा में तो आप कई लोगों को जानती होंगी। मैं आप लोगों से दो दिन पहले पहुँच रहा हूँ ताकि आप सबको रिसीव कर सकूँ। क्या किसी से कुछ कहना है?*

कुछ देर संकोच के बाद मैंने कहा था, *ठीक समझें, तो पॉल एंगल को बता दें...और डैनी को (डेनियल वाइसबोर्ड, आयोवा के अनुवाद कार्यक्रम के डायरेक्टर, जिनसे मैं पहले भारत भवन, भोपाल के एक आयोजन में और फिर दिल्ली की एक सड़क पर मिल चुकी थी।)*।

क्लार्क ने सम्भवतः बताया ही होगा। लेकिन जब मैं उनसे फ़र्स्ट नेशनल बैंक की रिसेप्शन में मिली, जो बैंक ने आयोवा में आए अन्तरराष्ट्रीय लेखकों के सम्मान में दी थी, तो पॉल एंगल किसी धुँधलके में थे। 82वें वर्ष का कोहरा, जो कभी-कभी उनकी स्मृति को ढक लेता था।

ଓ

उस शाम हुआलिंग नेह-एंगल ठीक समय पर कार लेकर मेफ़्लॉवर हॉल के बाहर आ गई थीं।

एक चीनी महिला, जिसके उच्चारण में अभी तक चीनी भाषा की स्मृति थी। लगभग 65 साल की उम्र। (यह हमें बाद में पता चला। हम उन्हें 40-45 के बीच ही समझ रहे थे।) बहुत चुस्त। पोशाक ऐसी कि आप कह सकें, ये हमेशा इतनी ही बनी-फबी रहती होंगी।

लेकिन सबसे आकर्षक था उनका चेहरा। बड़ी-बड़ी आँखें, जिनमें बचपन का भोलापन और त्रास मानो एकबारगी ठहर गया हो।

बाद में पता चला, ग्यारह साल की उम्र में वे जापानी फ़ौजियों से बचने के लिए एक गाँव से दूसरे गाँव भागती रही थीं, स्कूल बदलती रही थीं।

एक बार जब लाल फ़ौजें (कम्यूनिस्ट फ़ौजें) घर-घर की तलाशी ले रही थीं, उन्हें और उनके छोटे भाई को उनके पिता ने परछत्ती में छिपा दिया था।

बाद में पिता कम्यूनिस्टों के हाथों मारे गए थे और हुआलिंग नेह 11 साल की उम्र में अचानक बड़ी हो गई थीं...

ଔ

वही हुआलिंग मुझे अपने घर ले जा रही थीं।

चट्टान की सीधी चढ़ाई पर बना उनका घर।

दो मंज़िला। जैसे अधिकतर पहाड़ी घर होते हैं।

पिछवाड़े में जंगल।

उन्होंने कहा, अगर मैं दिन की रोशनी के रहते उनके यहाँ आती तो हिरण देख सकती थी। हिरण मनुष्यों को देखकर डर जाते थे, इसलिए उनके लिए पिछवाड़े में चारा छोड़ वे घर के भीतर आ जाते थे। वहीं खिड़की से उन्हें देखा करते।

पॉल एंगल को उनका ख़ास इन्तज़ार रहता था। लेकिन कई बार उन्हें भी पता न चलता था कि कब वे दबे पाँव आकर चारा खाने लगे हैं।

उसी सुबह वहाँ सात हिरण थे! उन्होंने बताया।

पॉल और हुआलिंग एंगल का घर। सीढ़ियाँ चढ़ते हुए पाँव सकुचाने लगे। जैसे किसी बहुत सुन्दर घर में पहुँचकर सब के साथ ऐसा होता है।

एक पूरी बड़ी दीवार पर एशिया से इकट्ठे किये मुखौटे टँगे थे। मुख्यतः भारत, इंडोनेशिया, बर्मा से। लिविंग रूम के एक कोने में कॉम्पेक्ट डिस्क पर ज़ैम्फीर का पैन फ़्लूट (एक प्रकार की बाँसुरी) हल्का-हल्का बज रहा था।

घर के किस कोने से पॉल एंगल निकलकर आए। बहुत गर्मजोशी से स्वागत किया और कोट उतारने में मेरी मदद करने लगे।

वह लुप्त होती जाती 'जेंटलमैन' पीढ़ी के आख़िरी लोगों में से थे। किसी महिला के लिए घर या कार का दरवाज़ा खोलना, उसे कुर्सी पर बाक़ायदा बैठाना वग़ैरह। कम-अज़-कम आयोवा के पुराने लोग उनके बारे में ऐसा ही कहते थे।

ᘏ

उस शाम उन्होंने मेरे काव्य-पाठ को लेकर, इंटरनेशनल राइटिंग प्रोग्राम को लेकर, हमारे साथी लेखकों को लेकर कुछ बातें कीं। ज़ाहिर है, वह स्वयं को बड़ी अटपटी स्थिति में पा रहे थे।

हम सभी जानते थे, इंटरनेशनल राइटिंग प्रोग्राम के प्रमुख प्रणेता पॉल एंगल थे। 1996 में जब उन्होंने आयोवा राइटर्स वर्कशाप से राइटिंग प्रोग्राम को अलग शुरू किया तो उसमें सिर्फ़ सात लेखक थे, जिनकी संख्या बाद के वर्षों में 36 तक हो गई थी।

प्रोग्राम को चलाए रखने के लिए उन्हें व प्रोग्राम की सह-निदेशिका हुआलिंग नेह-एंगल को हर साल यू.एस.आई.एस. व अन्य अमेरिकी संस्थानों से क़रीब साढ़े चार लाख डॉलर इकट्ठे करने होते थे और यह कोई आसान काम न था। भारतीय विश्वविद्यालय की तरह अमेरिका में यू.जी.सी. जैसी कोई संस्था नहीं थी, कि बैठे-बिठाए पैसा मिल सके।

हम सब यह भी जानते थे, आयोवा इंटरनेशनल प्रोग्राम दुनिया भर में सम्मानित था, तो अपने यहाँ आए प्रतिष्ठित लेखकों के कारण ही। हर साल हर देश से एक 'सही' लेखक बुला पाना, जबकि आप वहाँ की भाषा न जानते हों, काफ़ी दुश्वार काम था। और पॉल ने इसे बख़ूबी निभाया था।

पॉल एंगल 23 वर्षों तक प्रोग्राम के डायरेक्टर रहे थे। उनके बाद हुआलिंग एंगल ने लगभग 6 वर्ष तक प्रोग्राम की अध्यक्षता की। उस दौरान भी पॉल एंगल कंसल्टेंट के रूप में प्रोग्राम से जुड़े रहे थे।

उन दोनों के कार्यकाल के दौरान दुनिया के अलग-अलग कोनों से लगभग 800 लेखक आयोवा के इंटरनेशनल राइटिंग प्रोग्राम में शामिल हुए थे। भारत से शंख घोष, जयन्त महापात्र, यू.आर. अनन्तमूर्ति, दिलीप चित्रे, क़ुर्रतुल ऐन हैदर, श्रीकान्त वर्मा, अरविन्द कृष्ण मेहरोत्रा, निर्मल वर्मा और आदिल जस्सावाला जैसे प्रमुख लेखक इसमें शामिल हो चुके थे। इधर कुछ वर्षों से युवतर लेखकों को बुलाने की परम्परा शुरू की गई थी ताकि लेखकों को अपने श्रेष्ठ सृजनात्मक वर्षों में ऐसे साहित्यिक विनिमय का लाभ मिल सके।

दो साल पहले हुआलिंग नेह रिटायर हुई थीं। इस बीच प्रोग्राम के दो डायरेक्टर बदले जा चुके थे। पॉल एंगल और हुआलिंग नेह-एंगल के बाद अधिकारी जान नहीं पा रहे थे कि इस प्रतिष्ठित जगह पर किसे लाएँ। अब इस साल कैनेडा में ख़ासे चर्चित उपन्यासकार और भारतीय मूल की लेखिका भारती मुखर्जी के पति, क्लार्क ब्लेज़ डायरेक्टर बनकर आए थे और उन्हें लग रहा था कि यह प्रोग्राम, उनकी मानस-सन्तान, आख़िरकार सही अर्थों में चला गया था।

और अब यहाँ मैं थी, उनके सामने बैठी हुई। उनके द्वारा शुरू किये गए प्रोग्राम में भारत से बुलाई गई युवा लेखिका।

मैं और मेरे साथ बुलाए गए 23 देशों के युवा लेखक, उन्हीं के आयोवा शहर में विचरते थे, लेकिन हमारे साथ अब उनका कोई आधिकारिक वास्ता न था।

पॉल एंगल किसी पितामह की तरह स्वयं को अप्रासंगिक महसूस कर रहे थे।

ॐ

उस शाम वह देर तक अपने भारतीय मित्रों की बातें करते रहे।

भारत उनके लिए इतने वर्षों बाद भी बड़ा अजूबा था। हमारे कई वरिष्ठ लेखकों के अलावा विक्रम साराभाई उनके घनिष्ठ मित्रों में थे।

भारत के नाम पर सबसे पहले उन्हें वह हाथी याद आता, जिसे पहली बार उन्होंने बम्बई के डाकघर के बाहर बैठे देखा था, जब वह वहाँ किसी काम से जा रहे थे...

फिर उन्होंने मुझे संगमरमर का वह पत्थर दिखाया, इन-ले के काम वाला, जिसे वह पिछली बार ताजमहल के शहर से लाए थे।

उस शाम पॉल बहुत प्रफुल्लित थे।

वह और हुआलिंग मुझे खाना खिलाने बड़े चाव से एक जापानी *सुशी रेस्तराँ* में ले गए, जहाँ मैंने अपने जीवन की पहली कच्ची मछली और साके चखी थी। पॉल ने मुझे सिखाया था, *देखो, इसे ऐसे पीते हैं, गर्म-गर्म।*

जब मैं मेफ़्लॉवर पहुँचकर उतरने लगी, तो पॉल उसी गरमजोशी से मेरा हाथ पकड़कर बोले, *अगली बार दिन में आओगी तो साथ-साथ हिरण देखेंगे। प्रॉमिस?*

प्रॉमिस।

और आने वाली एक शाम मैंने सचमुच उनके घर के पिछवाड़े में तीन हिरण देखे थे...

ơ

बाद के दिनों में, पता नहीं यह कैसे हुआ, किस रहस्यमयी चुम्बक के कारण, हमारे ग्रुप के कई लेखक धीरे-धीरे उनके यहाँ पहुँचने लगे। कुछ को उन्होंने स्वयं भी बुलाया।

उनके यहाँ फिर वही बैठकें और दावतें होने लगीं, जिनके लिए उनका घर एक-चौथाई सदी तक चर्चित रहा था। यह हम सबका सामूहिक एडवेंचर था। गुप्त। प्रोग्राम के अधिकारी भले अच्छे थे, लेकिन अन्त तक उनसे हमारा नाता औपचारिक ही रहा।

हम सब पॉल पर मुग्ध थे। वह अक्सर हमें अपने जीवन की रोचक कथाएँ सुनाया करते। कभी-कभी बीच में भटककर कोई दूसरी कथा भी शुरू कर देते।

उनके पिता का सेडार रेपिड्स में घोड़ों का फ़ार्म था। शुरू जवानी के दिनों में पॉल ने भी बग्घियाँ किराये पर देने का धन्धा किया था। वह घोड़ों की बात जिस उत्साह से करते, लगता, एक अदृश्य लगाम उनके हाथों में अभी भी है...

वह आयोवा यूनिवर्सिटी के छात्र रहे थे। उनके साहित्यिक जीवन की शुरुआत बहुत तहलके से हुई थी। येल यूनिवर्सिटी द्वारा आयोजित युवा प्रतिभा प्रतियोगिता में उनकी पांडुलिपि 'अमेरिकन सॉन्ग' को प्रथम पुरस्कार मिला था। पुरस्कारस्वरूप उसे येल यूनिवर्सिटी ने ही प्रकाशित किया था। इसी किताब पर उन्हें एम.ए. की उपाधि मिली थी।

किसी सर्जनात्मक कार्य पर कहीं पर भी अकादमिक उपाधि दिये जाने की यह सम्भवतः दुनिया की पहली घटना थी। तब से अब तक आयोवा यूनिवर्सिटी

में बाक़ायदा किसी स्तरीय पांडुलिपि / पुस्तक पर एम.ए. व पीएच.डी. की उपाधि मिल सकती है। 'न्यूयार्क टाइम्स बुक रिव्यू' में इस किताब की समीक्षा मुखपृष्ठ पर छपी थी, 1925 में!

पॉल एंगल को घुमक्कड़ी का शौक़ था और इंटरनेशनल राइटिंग प्रोग्राम शुरू करने के बाद यह अनिवार्य हो गया था। लगभग हम सभी लेखकों के देशों में वह जा चुके थे। जगह का नाम सुनते ही उनके पास उससे जुड़े संस्मरण सुनाने को तैयार मिलते।

ও

ऐसी ही किसी यात्रा के दौरान ताइवान में उनकी मुलाक़ात हुआलिंग से हुई थी। 1964 में।

उस समय हुआलिंग की उम्र चालीस साल की थी। वह नौ पुस्तकों की लेखिका और दो बेटियों की माँ थीं। उनका पति चीन की कठिन राजनीतिक परिस्थितियों के चलते उन्हें अकेला छोड़कर अमेरिका चला गया था।

पॉल एंगल साठ साल के। दो बेटियों के पिता, आयोवा राइटिंग प्रोग्राम के डायरेक्टर, और एक प्रतिभाशाली पेंटर लेकिन लाइलाज विक्षिप्त होती जाती महिला के पति।

उन्होंने बताया, उन परिस्थितियों में कभी-कभी वह आत्महत्या के बारे में भी सोचते थे। लेकिन फिर हुआलिंग उनके जीवन में आईं। सात साल की ऊहापोह के बाद पहली पत्नी से तलाक़ लेकर 1970 में पॉल ने उनसे विवाह कर लिया।

ও

इंटरनेशनल राइटिंग प्रोग्राम में उन्हें कई अजीबोग़रीब अनुभव हुए थे।

एक दोपहर उनके घर में कुछ लेखक जमा थे। गर्मी के कारण एक लेखक ने अपनी आस्तीन की बाज़ू ऊपर मोड़ ली थी कि तभी पॉल की नज़र

उनकी बाँह पर लिखे नीले रंग के नम्बर पर पड़ी। उन्होंने पूछा, *अरे, यह क्या?*

ऑशवित्स कैम्प का नम्बर।

तभी एक और महिला लेखक ने अपनी बाँह दिखाई। उस पर भी वैसा ही नम्बर था।

यह देखकर सब लोग काफ़ी तनाव में आ गए।

वहाँ उपस्थित पोलिश लेखक हकबका गया। फिर अचानक उसने अपनी क़मीज़ खोल दी। उसकी छाती पर एक बड़ा-सा दाग़ था। उसने कहा, *दूसरे विश्वयुद्ध में जब मैं मोर्चे पर था, तब...*

अपने लेखकों की बातें करते हुए पॉल अक्सर भावुक हो जाते।

उन्होंने बताया, जिस साल प्राग में सोवियत टैंक घुसे, उस साल राइटिंग प्रोग्राम में वात्सलाव हावेल आने वाले थे। उन्होंने समय रहते हावेल को निकालने की पूरी कोशिश भी की, पर कामयाब नहीं हो सके।

राइटिंग प्रोग्राम की शायद यही विशेषता रही कि लेखक अपने-अपने मुल्कों की राजनीति से दूर आपस में मिल-बैठ सकते थे, जो शायद आयोवा के अलावा दुनिया में कहीं और सम्भव न था।

जब आपने विवाह किया, आपको पॉल की बड़ी उम्र होने से डर नहीं लगा?

एक शाम अकेले में मैंने हुआलिंग से पूछा।

वह कुछ देर चुप रहीं। फिर बोलीं, *शुरू-शुरू में मैं सो नहीं पाती थी। रात को उठकर बैठ जाती थी। लेकिन अब सब ठीक हो गया है। दरअसल मैंने कभी ख़ुद भी नहीं सोचा था कि हम इतने दिन साथ रह सकेंगे। मेरे मन में शान्ति है। I feel fulfilled...*

आप चालीस की पकी उम्र में अमेरिका आईं। क्या कभी अपना मुल्क याद आता है?

आता है, बहुत आता है। यहाँ इतना सुन्दर घर है, इतना अच्छा पति है, सफलता है, सब कुछ है। लेकिन ऐसा नहीं है कि मैं यहाँ हमेशा ख़ुश रही हूँ। मेरे लिए ये साल बहुत मुश्किल भरे रहे हैं। मेरे लिए आज भी सबसे बड़ा सुख का क्षण वह होता है, जब मैं अपनी स्टडी में जाती हूँ, अपने चीनी भाषा के

कम्प्यूटर के सामने बैठती हूँ, कुछ लिखना शुरू करती हूँ। मेरी भाषा ही मेरा मुल्क है...अंग्रेज़ी बोलते रहने के बाद जब मैं वहाँ जाती हूँ, अपनी मेज़ पर, मुझे लगता है, मेरा खोया हुआ मुल्क मुझे वापस मिल गया है...

जिन दिनों हम आयोवा में थे, उन्हीं दिनों हुआलिंग नेह को नेशनल बुक अवार्ड मिला था।

'मलबेरी एंड पीच : टू चाइनीज़ विमेन' पर।

अपने मुल्क से भागी हुई एक चीनी महिला की कथा, जो अमेरिका पहुँचकर एक खंडित व्यक्तित्व जीती है।

अमेरिका में यह अपनी फ़ॉर्म और संरचना के प्रयोग के लिए ख़ास तौर पर सराहा गया था। साठ के दशक में लिखा गया यह उपन्यास क़रीब सात साल तक चीन और ताइवान में प्रतिबन्धित रहा था। अभी हाल ही में उस पर लगा प्रतिबन्ध उठाया गया था।

यूरोप में हुआलिंग नेह एक प्रमुख चीनी लेखक के तौर पर स्वीकारी जाती हैं। उनकी तेईस पुस्तकें प्रकाशित हुई हैं। उनके इस उपन्यास के अनुवाद सर्बो-क्रोशियन, हंगेरियन, यूगोस्लावियन, पोलिश, रोमानियन आदि भाषाओं में हो चुके हैं। पॉल एंगल ने भी लगभग पच्चीस पुस्तकें लिखीं और सम्पादित कीं। हमारे आयोवा प्रवास के दिनों में वे दोनों मिलकर 'एंगल कंट्री : मेमॉयर्स' और 'एंगल कंट्री : पोयम्स' पर काम कर रहे थे—दोनों के साझे जीवन का दस्तावेज़।

ᘓ

पॉल, आपने एक प्रतिभासम्पन्न युवा कवि के बतौर साहित्यिक जीवन की शुरुआत की थी और अब एक सम्मानित इंटरनेशनल प्रोग्राम के डायरेक्टर के रूप में पहचाने जाते हैं।

यदि आपके पास चुनाव की छूट होती, तो आप किस तरह याद किया जाना पसन्द करते?

अपनी आख़िरी मुलाक़ात के दौरान मैंने पूछा था।

मुझे ख़ुशी है कि आज आयोवा राइटिंग प्रोग्राम दुनिया भर में प्रसिद्ध है लेकिन अनलिखी किताबों का रंज किसे नहीं होता? कई बार लगता है, मैंने अपने जीवन का काफ़ी वक़्त भाग-दौड़ में नष्ट कर दिया।

यहाँ बता दूँ कि 1977 में पॉल एंगल और हुआलिंग एंगल का नाम नोबल शान्ति पुरस्कार के लिए प्रस्तावित किया गया था।

इस मार्च में पॉल और हुआलिंग एंगल को पोलैंड में *ऑर्डर ऑफ़ मेरिट* अलंकृत किया जाना था। इसकी सूचना पॉल ने स्वयं हमें दी थी। वे दोनों बहुत ख़ुश थे कि वहाँ से जर्मनी जा सकेंगे, जहाँ दोनों की बेटियाँ रहती हैं...

और अब चार दिन पहले आयोवा यूनिवर्सिटी से क्लार्क ब्लेज़ की यह गश्ती चिट्ठी।

इस 22 मार्च को, पोलैंड जाते हुए, आयोवा से एक घंटे की उड़ान-दूरी पर—शिकागो के ओ' हारे इंटरनेशनल एयरपोर्ट पर—दिल का दौरा पड़ने से पॉल एंगल का निधन हो गया। उस समय हुआलिंग भी उसके साथ थीं।

यह सूचना भी कि आयोवा यूनिवर्सिटी ने पॉल एंगल की स्मृति में 'पॉल एंगल फ़ेलोशिप फ़ंड' की स्थापना की है...

'पॉल एंगल फ़ेलोशिप फ़ंड'।

ଓ

कुछ नाम क्या स्मारकों में जुड़ने के लिए ही बने होते हैं?

हम पॉल एंगल से नवम्बर में आख़िरी बार मिलकर विदा हुए थे, वे दोनों पति-पत्नी हमारे सारे लेखक गैंग को एक महँगे रेस्तराँ में चाइनीज़ लंच खिलाने ले गए थे, बहुत मुहब्बत से और हम लोगों के लाख कहने पर भी उन्होंने हमें पैसे 'पूल' करने की इजाज़त नहीं दी थी...

क्या हमने कभी सोचा था, एक दिन हम उनका नाम एक फ़ेलोशिप फ़ंड के आगे लिखा पढ़ेंगे?

याकि एक दिन हम किसी को बता न पाएँगे, पॉल जब गर्मजोशी से गले मिला करते थे, उनके शरीर की गरमाई कैसी होती थी...

और हुआलिंग—जो आधी रात को डर से उठ जाती थीं—क्या उन्होंने नियति को कभी इस तरह घटते हुए सोचा होगा, भरे दिन में, एयरपोर्ट जैसी सार्वजनिक जगह में, अनजान लोगों की भीड़ के बीच?

विदा करते हुए हुआलिंग ने कहा था, *कभी फिर अमेरिका आओ, तो याद रखना, आयोवा के इस घर का एक कमरा तुम्हारे लिए हमेशा सुरक्षित है...*

पॉल के बिना मुखौटा से भरा वह घर कैसा बीहड़ हो गया होगा।

उनके घर से आयोवा नदी दिख सके, इसके लिए हुआलिंग ने अपनी स्टडी में एक बहुत बड़ा आईना लगा रखा था। काम करते समय वहाँ मेज़ से ही नदी का अक्स दिखाई देता था...

मालूम नहीं, नदी को पता चला कि नहीं, उसे देखने वाली पॉल की आँखें अब नहीं रहीं।

पोलैंड यात्रा के बारे में बताते हुए उस शाम पॉल एंगल बहुत ख़ुश थे कि वहाँ बहुत बढ़िया वोदका मिलती है।

अगर उन्होंने बढ़िया वोदका नहीं दी, तो मैं इनाम वापस कर दूँगा! कहकर उन्होंने ज़ोर से ठहाका लगाया था।

उनके ठहाकों को सुनते हुए हमेशा लगता था, उनके घर की दीवारें हिल रही हैं।

पॉल के हिस्से की वोदका।

न जाने किसने वह पी होगी?

[1992]

हमारे लुत्से जी

सबसे पहले लुत्से जी को बधाई और उनके लिए यह प्रार्थना कि आने वाले वर्षों में वह यूँ ही सक्रिय, तेजस्वी बने रहें, और आप सबको भी, जिन्हें लुत्से जी को जानने का, उनसे सीखने का, उनके साथ काम करने का, उनका शिष्य होने का सौभाग्य मिला है।

हालाँकि मैं स्वयं इन भूमिकाओं में से किसी में भी लुत्से जी से नहीं मिली, मैं ख़ुद को आप सबकी तरह सौभाग्यशाली मानती हूँ, बल्कि किसी-किसी क्षण कुछ ज़्यादा।

बॉर्डरलाइन मित्र, बॉर्डरलाइन सहलेखक, बॉर्डरलाइन शिष्य होने का बड़ा लाभ यह है कि आप कभी-कभी दो क़दम आगे जा सकते हैं। (नुक़सान यह कि इस तरह की छूट लेने के बाद आपका बहुत जल्दी वापस उसी जगह जा पहुँचना ज़रूरी है, उसी संकोच और परस्पर औपचारिकता पर नहीं तो आप आउट भी हो जाएँगे और रन भी नहीं बना होगा!)

मुझे नहीं मालूम, मैंने उनके साथ कोई रन बनाए हैं कि नहीं, लेकिन आउट नहीं हूँ, यह आप देख ही रहे हैं।

☙

लुत्से जी को मैंने बाद में देखा, 1990 में, उनके बौद्धिक आतंक की छाया को पहले।

सन् 1989 की बात है। उन्होंने निर्मल को हाइडलबर्ग विश्वविद्यालय में अज्ञेय स्मृति व्याख्यान देने के लिए बुलाया था। उससे एक साल पहले, यदि मैं ग़लत नहीं हूँ, तो यही व्याख्यान देने डॉ. रोमिला थापर गई थीं।

निर्मल डॉ. लुत्से और डॉ. थापर, दोनों की प्रखरता के प्रति सजग थे। इम्तिहान में बैठने वाले किसी छात्र की तरह दिन-रात मेहनत करके उन्होंने अपना पर्चा ख़त्म किया।

उनके व्याख्यान का विषय था, 'भारत और यूरोप : प्रतिश्रुति के क्षेत्र'।

टाइपिंग के बाद काग़ज़ों को तरतीब से लगाना मेरे और तुलसी रमण के ज़िम्मे आया।

उन दिनों निर्मल शिमला में यशपाल सृजनपीठ पर थे।

निर्मल ने पर्चा बहुत मेहनत से लिखा था, लेकिन जैसी उनकी आदत थी, पन्नों पर नम्बर डालना वह भूल गए थे। समय की कमी के कारण दो टाइपिस्टों ने उन्हें टाइप किया था, आधा-आधा।

सो अब मेरी और तुलसी जी की परीक्षा थी कि उस विचित्र रयूबरिक को ठीक से कैसे तरतीब दें, कि अधर में लटका वाक्य अपने सही पैरा से जुड़ जाए और संसार को भारत के एक तेजस्वी मानस की बात ठीक-ठीक पल्ले पड़ जाए!

आप कल्पना कर सकते हैं, जब तक हमने सारे फ़र्श पर फैले काग़ज़ों को तरतीब देने की इस कवायद में सफलता प्राप्त की, निर्मल एक पैकेट सिगरेट पी चुके थे।

उन्हें कमरे के कोने में अदृश्य लुत्से जी दिखाई दे रहे थे और मुझे भी!

एक नई ब्याहता को अपने पति की सफलता की कैसी चिन्ता होती है, कहने की बात नहीं।

सो यह था, लुत्से जी की बौद्धिक छाया से मेरा पहला परिचय!

आज भारत-पश्चिम विमर्श में 'भारत और यूरोप' को जो सम्मान हासिल है,

उसके पीछे लुत्से जी की प्रेरणा न होती, तो यह पुस्तक शायद कभी लिखी न जाती।

लुत्से जी अन्य भारतविदों से अलग हैं, तो इसलिए कि उनके अध्ययन का विषय आधुनिक भारत है। उन्होंने फ़ॉसिलाइज़्ड, अतीत में जड़, भारत की जगह आधुनिक साहित्य, आधुनिक मनीषा का अध्ययन चुना है। भारतीय अनुभव की जटिलता पर उनकी अचूक पकड़ हैरान कर देने वाली रही है।

वह शायद अकेले ऐसे विदेशी विद्वान हैं, जो एक ही समय में एक तरफ़ अज्ञेय, रेणु और निर्मल वर्मा पर अपनी सुविचारित गहन प्रतिक्रिया दे सकते हैं और दूसरी ओर हमारी पीढ़ी के लेखकों पर।

अपनी पहली किताब जो मैंने उन्हें दिल्ली के अपने घर में भेंट की थी, 1990 में, वह हाइडलबर्ग में उनकी निजी लाइब्रेरी से निकलकर कितने पाठकों के हाथ में पहुँच चुकी थी, इसका पता मुझे वहाँ पहुँचकर ही चला। और उसके साथ-साथ यह आतंक, कि लुत्से जी के अलावा जाने कितने लोग अब तक उस किताब को पास-फ़ेल कर चुके थे!

लुत्से जी उन गिने-चुने मनीषियों में हैं, जिन तक अपनी बात पहुँचाने के लिए ही कोई लेखक लिखता है, जिनकी प्रतिक्रिया के एक शब्द से भी व्यक्ति अपनी भाषा के बारे में, साहित्य के रहस्य के बारे में बहुत कुछ सीखता है।

ॐ

'अपनी भाषा' इसलिए कह रही हूँ, कि कई बार लुत्से जी ने मेरी क्लास ली है। मुझसे मेरी कविता में आए किसी ऐसे नामालूम से शब्द के बारे में पूछा है, और मैं यह परखने को प्रेरित हुई हूँ कि मैंने यही शब्द क्यों चुना, उसके पड़ोस का दूसरा शब्द क्यों नहीं।

लिखते समय जो चुनाव हम अवचेतन मन से करते हैं, वे कहाँ से संचालित होते हैं, हमारी जातीय अस्मिता कैसे हमारे इन शाब्दिक चुनावों में अनायास प्रतिध्वनित होती है, लुत्से जी अगर नहीं उकसाते, तो मुझे इस अन्त:प्रक्रिया का पता न चलता।

अब याद नहीं, वह कौन-सा बहुत मामूली शब्द था, जो लुत्से जी ने अचानक मुझसे पूछ लिया था, लाइपज़िग में। शाम को सभा थी और लुत्से जी को अध्यक्षता करनी थी। शायद कविता का अनुवाद भी बताना था।

1991 की बात है।

मुझे हैरानी हुई इतने साधारण-से शब्द पर उनकी निगाह रुकी। यह तो उनके सामने उस शब्द की तहें उतारते समय मुझे ध्यान आया, कि इस शब्द की यह व्याख्या मेरे पंजाबी भाषी होने से जुड़ी है, हिन्दी में तो यह शब्द कब का रूढ़ हो चुका है!

अभी तक मुझे अपनी हकलाहट याद है, जो उस समय उनसे बात करते हुए हुई। हम लिफ़्ट में ऊपर जा रहे थे, मुझे लगा, लिफ़्ट ख़राब होकर कहीं रुक गई है!

ᘓ

एक बात और। उस पर असहमति की कोई गुंजाइश नहीं।

लुत्से जी का व्यक्तित्व बहुत मोहक है।

लेकिन किस तरह मोहक?

उनमें ज्ञान का ओज है, प्रेम की ऊष्मा। उनसे मिलकर इसे महसूस किया जा सकता है।

वह उन लोगों में से हैं, जिनके साथ-साथ कुछ अदृश्य किताबें, बातें हमेशा चलती रहती हैं। जिन्हें सच्चे अर्थों में 'लिविंग एनसाइक्लोपीडिया' कहा जाता है।

उनसे सीखने के लिए उनकी कक्षा में बैठना ज़रूरी नहीं। एक ट्रेन यात्रा, कविता-पाठ से पहले एक छोटी बैठक, किसी मित्र के यहाँ डिनर में हुई एक बातचीत भी काफ़ी है।

यह अनायास नहीं, कि लुत्से जी ने अपने दिल्ली प्रवास में Living Literature नाम की शृंखला शुरू की थी। 'ज़िन्दा साहित्य' के अर्थ में ही नहीं, साहित्य को जीने के अर्थ में भी।

कम से कम अपने बारे में कह सकती हूँ, उस सीरीज़ के दौरान साहित्य को जीने का मेरा अनुभव बहुत सघन हुआ।

सबसे आकर्षक है, लुत्से जी की मन्द-मन्द मुस्कान।

अरसे बाद मिलने पर भी वह ऐसे देखेंगे, जैसे पिछली बार की छूटी हुई बात, कोई secret joke इस बार पूरा होना है। उन्हें भारत आए दो साल हो जाएँ या चार, उन्हें सब मित्रों की ख़बर मालूम रहती है। ख़ुद भी हर मित्र के बारे में पूछते हैं। इधर क्या-क्या नया लिखा गया, उनके पास सब पहुँच जाता है।

कुछ बरस पहले उनके बर्लिन वाले घर में गई, तो सबसे पहले कमरे में ही लकड़ी की अलमारी के ऊपर तबला दिखाई दिया। अन्दर बैठक में रामकुमार की एक पेंटिंग, साठ के दशक की। घर के भीतर छोटा-सा एक भारत, एक चुप-सा बड़ा फ्रेम।

अभी चार साल पहले निर्मल बर्लिन से लौटे, लुत्से जी से मिलकर, तो बहुत ख़ुश थे, बोले, देखो, लुत्से जी ने भेंट में क्या दिया है!

गोएटे की किताब का दुर्लभ संस्करण!

लुत्से जी से कहीं भी मिलिए, देश-काल सब गड्डमड्ड हो जाता है। भारत में जर्मनी आ जाता है, जर्मनी में भारत। यही उनकी वैचारिक यात्रा की चरम सफलता है। जर्मनी यात्रा का संयोग बन रहा हो तो सबसे अधिक आकर्षण उनकी इस मुस्कान को एक बार फिर देखने का रहता है। An intelligent, kind, know-all smile.

और शुरू के वर्षों की वह पुरानी उत्कंठा ऊपर आ जाती है। पता नहीं इस बार क्या पूछ लेंगे? फ़ेल करेंगे या पास?

हम सौभाग्यशाली हैं, हम उनके समय में हैं, उन्हें देख सकते हैं।

वह बरसों हमारी परीक्षाएँ लें, हम इसी तरह साँस रोके उनके सामने उपस्थित हों, आज के दिन उनके लिए, हम सब के लिए यही कामना करती हूँ।

[प्रख्यात भारतविद् जर्मन विद्वान लोठार लुत्से के 75वें जन्मदिन पर मैक्समूलर भवन, दिल्ली में कहे गए कुछ शब्द, 2003]

स्मृति और दंश

कुछ तारीख़ें जैसे मांस में गुदी रह जाती हैं, अपनी नीली पीड़ा में जमी हुई।

31 अक्टूबर, 1984 की उस रात हम बच्चे उन्हें नसीहतें देकर सोए थे, चाहे कुछ हो जाए, आप कल सुबह ताया जी के यहाँ जाएँगे नहीं। वादा करिए।

दारजी अपने गाँव के मुँहबोले भाई को देखने हर सुबह जाया करते थे। जिगर के कैंसर से पीड़ित ताया जी आख़िरी दिनों में थे।

ओ बाबा, बिना बात ही डरे जा रहे हो। सुबह होगी तो देखेंगे।

मैं उनकी पत्रकार बेटी उन्हें अभी-अभी रात को आए अपने सहयोगी के फ़ोन के बारे में बता चुकी थी। मेडिकल इन्स्टीट्यूट के आसपास सिखों को ढूँढ़-ढूँढ़ कर पीटा जा रहा था।

उस सुबह ही इन्दिरा गांधी की हत्या हुई थी।

ꕥ

अगली सुबह दारजी हम लेट-लतीफ़ों के उठने से पहले ही तड़के ताया जी को देखने जा चुके थे।

दूर जमना पार।

उन्हें नींद में भी ताया जी की कराहटें सुनाई पड़ती थीं।

उन आवाज़ों को सहने का एक ही तरीक़ा था—जाकर बीमार को देख आएँ। कौन जाने, सामना होने पर ताया जी ज़्यादा दिखाई देते हों और उनकी कराहटें कम सुनाई।

ଓ

तैयार तो मैं भी हो रही थी, दफ़्तर जाने के लिए, कि चलो, बाहर चलकर देखें, दंगे कैसे होते हैं! पत्रकारिता चुनी है, तो ये सब भी देखना चाहिए।

भोले दिन थे वे। किसी पर सन्देह करने का कोई कारण न था—वह पड़ोसी हो, पुलिस हो, अजनबी हो। हालाँकि भिंडरावाले के आतंक और ऑपरेशन ब्लू स्टार के बाद सिर में कई चीज़ें गड्डमड्ड थीं।

अब याद हैं तो घर पर पहले-पहल पड़े पत्थर—जो बीस-पच्चीस लोगों की छोटी-सी भीड़ बरसाती हुई गुज़र गई थी।

न किसी ने दरवाज़ा खटखटाया था, न शीशा तोड़ा था, न गाली दी थी। यहाँ तक कि घर के बाहर खड़ी नई कार भी अछूती पड़ी थी।

यह शुरुआत थी।

ଓ

हम इसी से इतना दहल गए कि पहला फ़ोन ताया जी के यहाँ किया, उन्हें वहीं रोक लीजिए।

लेकिन वह तो अभी-अभी यहाँ से निकल गए हैं।

कब हम रसोई का सामान, गैस-चूल्हा, बर्तन ऊपर तीसरी मंज़िल की मेरी स्टडी में ले जाने लगे, पता नहीं चला। पन्द्रह से पच्चीस की उम्र की छोटी-बड़ी हम चार बहनें, सबसे छोटा भाई, बारह साल का, पाँचवीं बहन जैसा!

बरसों पहले, 1977 में, दिल्ली की बाढ़ के समय हमें अपने घर की ऊपरी मंज़िल पर ऐसे ही भागना पड़ा था।

हम सब उत्तेजित थे। और उत्सुक।

अब पता चलेगा, विभाजन के दिनों में क्या हुआ था। जाने कितने दिन छिपकर रहना पड़े! माँ कभी अपने बचपन की बात कहती थीं तो हम कोरे बैठे रहते थे।

ꧫ

इस सारी अफ़रा-तफ़री के बीच माँ के कॉलेज से फ़ोन आते रहे, दंगे फैल रहे थे।

जिसकी जो समझ में आ रहा था, वह सामान लेकर ऊपर जा रहा था। घबराई-सी माँ अलमारी से ज़मीन-जायदाद की फ़ाइलें, इन्श्योरेंस के काग़ज़, गहने बटोरती रहीं।

अचानक मुझे ध्यान आया, गाड़ी?

मैंने माँ से कहा।

दोस्त पड़ोसियों में डॉ. उषा-इन्द्रनाथ चौधुरी का घर सबसे निकट था। पाँच-सात मिनट की पैदल दूरी पर। माँ ने गाड़ी स्टार्ट की। उनके आँगन तक अपनी गाड़ी पहुँचाकर हम माँ-बेटी उलटे पैर लौट आए।

सड़कें अभी ख़ाली थीं। दंगे अभी इधर नहीं पहुँचे थे! दारजी अभी लौटे नहीं थे।

ꧫ

इस तरह इतिहास बनता है?

उजाड़ सड़कों और लुके-छिपे लोगों के बीच?

एक तारीख़ बाक़ी सब तारीख़ों से यों अलग हो जाती है?

बरसों बाद हम वहाँ से गुज़रते हैं, तो कैलेंडर से उखड़ी वह तारीख़ वहीं खड़ी मिलती है, इतिहास के चौराहे पर, अपने रक्त में नहाई, गर्भ-नाल हाथ में लिये?

☙

नीचे घर में ताला लग गया था। हम तीसरी मंज़िल को जाती सीढ़ियों का दरवाज़ा बन्द करके बैठे रहे। स्टडी में छिपकर हर आहट पर कान लगाए।

सुबह दूसरी मंज़िल के हमारे किरायेदार शर्मा जी ने माँ को भरोसा दिया था, *बहन जी, पहले मुझे कुछ होगा, फिर कोई आप तक पहुँचेगा।*

दिन भर फ़ोन आते रहे बरसाती में। टेलीफ़ोन की तार खींच-खाँच कर मैं ऊपर ले आई थी कि बाहरी दुनिया से सम्पर्क बना रहे। अब मित्र लोग पूछ रहे थे, हम बता रहे थे।

दारजी का कहीं पता न था। वह रोज़ सुबह जाकर दस बजे तक लौट आते थे।

अब रात हो रही थी।

शहर में कोहराम मचा था।

कोई परिचित पुलिस अफ़सर फ़ोन पर उपलब्ध न था। जो अभी तक अक्षुण्ण था, वह विश्वास था, अपनी क़ानून-व्यवस्था में, अपने अफ़सरों की नीयत में विश्वास! बस एक फ़ोन शिकायत का पहुँचेगा कि सब दुरुस्त हो जाएँगे।

दिन में कई टोलियाँ नारे लगाती गुज़र गईं, हमारी गली में से, किसी ने लेकिन पथराव नहीं किया था।

☙

दुख था उस सब में। भीड़ का दुख। एक बेबस-सा आक्रोश; जिसे पता न था, वह कहाँ सिर धुने। हिंसा नहीं थी उसमें, न क्रूरता और बर्बरता।

शोक आत्म-पीड़क, विध्वंसक तो हो सकता था, बर्बर कैसे हो गया?

किस ठंडे, कुटिल दिमाग़ में से निकली थी वह प्रतिहिंसा? जो आने वाले दिनों में सबने देखी। किसी ने ज़ाहिरा, किसी ने छिपकर।

रात होते ही कोई दस-बारह लोग शर्मा जी के घर पहुँच गए। मैं और माँ, ऊपर फ़र्श से कान सटाए पड़े रहे।

वे क्या कह रहे हैं, कुछ पता न चलता था। सब खुसुरफुसुर कर रहे थे।

क्या सिर्फ़ मैं और माँ ही वहाँ दुबके पड़े थे फ़र्श पर?

नहीं, शायद इतिहास के वे सब भगोड़े, भटकते लोग भी वहाँ आ गए थे, जो कभी जीवित थे और अब पन्नों से ग़ायब थे। हमारी पीठ पीछे। हमें देखने, बच जाएँगे कि नहीं ये?

ॐ

क्या बहस हो रही थी? क्या शर्मा जी अब हमारी तरफ़ नहीं थे?

माँ और मैं रेंगते हुए लौट आए वापस कमरे में।

बीच-बीच में माँ चोर नज़रों से कभी हम चारों बहनों को और कभी उस तलवार को देख लेतीं, जो उन्हें किसी किताब को लिखने के लिए सिरोपा में मिली थी और जो हममें से कोई एहतियातन नीचे के घर से उठा लाया था।

जब काफ़ी देर तक भीड़ दूसरी मंज़िल से नीचे नहीं गई, तो उन्होंने ख़ुद को मज़बूत किया। हाथ जोड़ते हुए कहा, *मेरी बच्चियो, अगर मुझे तुम्हें मारना पड़ा, तो मुझे माफ़ कर देना। मैंने सन् सैंतालीस देखा था, औरतों के साथ क्या होता है...*

इतनी जल्दी हम अन्त तक आ पहुँचे थे?

ॐ

नहीं, शर्मा जी हमारी तरफ़ ही थे। भीड़ के जाते ही उन्होंने धीमे से आवाज़ दी, *बहन जी, अब समय नहीं है, गाड़ी में पहुँचिए जल्दी।*

अचानक नीचे अँधेरे में किसी की चीख़ें फैल गईं।

श्रीमती शर्मा इतना डर गई थीं कि चीख़ों पर उनका बस न था। इस घर को पेट्रोल से जला देंगे? जो उठाना हो, उठा लें? उनका शरीर बुरी तरह डोल रहा था।

हिस्टीरिया था यह? साधारण मन पर दंगे का असर इस तरह फैलता है? स्याही की तरह?

अब हमें दौड़कर नीचे, घर के सामने खड़ी, शर्मा जी की गाड़ी तक पहुँचना था। हम पाँच भाई-बहनों को, माँ को, शर्मा जी के दो छोटे बच्चों के परिवार को, हमारे नौकर को, माँ के एक चपरासी को, जो हमारा हाल जानने आया था और वहीं रुक गया था। और सोनीपत से एक शाम पहले ही मिलने आए शर्मा जी के मामा को!

भागते-भागते मैं फिर लौट आई, सीढ़ियों में, मीटर से बिजली का फ़्यूज़ निकालने, कि आग लगे तो घर में शॉर्ट-सर्किट न हो! फ़्यूज़ निकाला ही था कि हाथ से घर की चाबी गिर गई। अँधेरे में उसे ढूँढ़ने की छोटी-सी बदहवास कोशिश के बाद भागने को हुई कि पैर से एक चप्पल निकल गई।

यह दृश्य हमेशा से इसी तरह घटता आया होगा?

भागते हुए लोगों की चीज़ें यों ही पीछे छूट जाती होंगी? परोसी हुई अनछुई थाली, बच्चे की दूध की बोतल, बुज़ुर्ग का चश्मा। सिर्फ़ इसे एक बार अपने साथ घटते हुए देखना था, धीर-शील अपने मन पर समझना था इसका अंकन।

ঙ

बाहर मेन रोड पर, दंगाइयों के ऐन पास से, जब किसी तरह अपनी ओवरलोड गाड़ी दौड़ाते हुए शर्मा जी हमें ले गए, तो उसमें ठसाठस भरे हम तेरह लोग थे। तेरह!

अँधेरे में हम कहाँ जा रहे थे?

यह शर्मा जी भी नहीं जानते थे।

सड़कें सुनसान थीं।

सिर्फ़ हमारी कार दौड़े जा रही थी सरपट। एक-दूसरे में धँसे हमारे अंग जैसे अपनी देह से अलग हो गए थे। मेरी नाक पर मेरी बहन की चोटी बँध गई थी और एक बाँह जैसे टूटकर अपनी पीठ पीछे जा गिरी थी। बाक़ियों के शरीर का क्या हाल था, मालूम नहीं।

क़रीब पाँच-छह किलोमीटर आगे जाने पर शर्मा जी को याद आया कि थोड़ी ही दूर रिज पर, लेफ्टिनेंट गवर्नर की कोठी के बिलकुल बग़ल में, एक हाउसिंग कॉम्प्लेक्स में उनके एक मित्र रहते हैं।

हम वहीं जा पहुँचे, शान्त, अधसोए परिसर में।

बदहवास हम सब किसी दुर्घटना का हिस्सा कम, एक दुःस्वप्न का हिस्सा अधिक लग रहे थे।

इतिहास में निष्क्रमण कर चुके थे हम? बिना जाने?

गुप्ता जी के परिवार से शर्मा जी ने जब हमारा परिचय करवाया, मैंने देखा, मेरे (जवान) सीने पर दुपट्टा नहीं है, पैर में एक चप्पल है, (रास्ते के धक्के-मुक्के में) चश्मा टेढ़ा हो गया है, मैं भरसक संयत होती हुई उन्हें नमस्ते कर रही हूँ और सिर के एक कोने में अभी भी फ़िक्र घूम रही है, पता नहीं दारजी को क्या हुआ?

गुप्ता जी ने हम सबको आश्वस्त किया और थोड़ी देर बाद किसी को फ़ोन। उसी परिसर में रहने वाले उनके एक सिख पड़ोसी आए, हमें अपने यहाँ लिवा ले गए। शर्मा जी का परिवार वहीं रुक गया मित्र के पास।

घर पहुँचते ही उन अनजान सरदार जी ने माँ से पूछा, *बहन जी, इन्होंने हम सिखों को एक साथ कर दिया है, कहीं घेरकर मार तो न डालेंगे?*

केवल एक दिन में, कुछ घंटों के अन्तराल में, हम अपना मनुष्यत्व गँवा बैठे थे?

अब हम पशु थे, डरे हुए, दड़बे में क़ैद बदहवास, जिनकी टोह में शिकारी कभी भी आ सकते थे।

डरे हुए पशु क्या करते हैं?

सींग हों तो धरती में धँसा देते हैं। तैयार हो जाते हैं आख़िरी दाँव खेलने के लिए।

ଓ

सरदार जी हमारे साथ चले आए सेवकों को ले गए। पीछे आँगन में। ख़ाली गमले और पत्थर इकट्ठे करके अँधेरे में छत पर ले जाने को। ये हम निहत्थों के पास रक्षा का सामान था। अचानक आई विपत्ति में।

उनके बड़े कमरे में कालीन पर चादर बिछाने में लग गईं हम बहनें, भाई भी। दिन में उसकी चोटी करके हमने उसे फ्रॉक पहना दी थी। देर बाद सरदार जी को पता चला, वह लड़का है।

कैसा समय आ गया बहन जी, एक बार फिर।

सरदार जी और माँ जाने किस स्मृति से दुखी हो बैठे।

उसी कमरे में हमें रात काटनी थी, उस छोटी-सी छावनी में।

इस बीच भी मैं भूली नहीं, कुछ भी नहीं, न अपने लापता पिता को, न क़ानून-व्यवस्था में अपने विश्वास को।

रात भर मैं पुलिस कंट्रोल रूम में फ़ोन करती रही। आधी रात, आधी रात के बाद भी। सब जगह घंटी बज रही थी, कोई फ़ोन नहीं उठा रहा था कहीं कि तभी माँ ने आकर कहा, *मैं सारे गहने और ज़रूरी काग़ज़ तो तेरी मेज़ पर ही भूल आई हूँ...*

भूल जाता है, सब भूल जाता है डरा हुआ आदमी। मल-मूत्र का नियंत्रण, गोद का अपना बच्चा तक। ये तो सिर्फ़ काग़ज़ थे।

माँ को आश्वस्ति थी, हम उनके पास थे, उनके बच्चे। और गोपन चिन्ता।

अगर उस रात दुर्भाग्य उनसे पूछता, सिर्फ़ एक को चुन सकती हो, बच्चे, पति या काग़ज़ों में से किसी एक को, क्या करतीं वह?

कहाँ जातीं वह उस चुनने-छोड़ने के बाद?

अदृश्य किसी कुएँ में गिरी रहतीं जीवन भर।

ଓ

बात करते, चिन्ता करते रात के दो बजने को आए। तभी फ़ोन की घंटी बजी। किसी ने पूछा सरदार जी से, *खाना-पीना हो गया आपका?*

जी।

बहुत अच्छा किया। ज़हर मिला था आपकी पानी की टंकी में।

कौन-सा ज़हर था उस रात, जो हम सब में फैलता रहा?

मनमैल का ज़हर था, जल का नहीं। इस तरह हम मरते हैं। इस तरह हम विष में से ऊपर आते हैं, मैल में से।

ω

सुबह साढ़े पाँच बजे आँख खुली तो हम जीवित थे। सब के सब।

और दारजी? हमारा घर?

मैंने पड़ोस में फ़ोन किया। पड़ोस की आंटी को। *आंटी, हमारा घर जल गया क्या?*

रात भर हमारी नींद में किताबों के सुनहरे काग़ज़ जलते रहे थे। दारजी की पुरानी, दुर्लभ किताबें, जो पिछली बार बाढ़ में डूब गई थीं और कितने दिन हम उन्हें धूप में सुखाते रहे थे।

नहीं, घर ठीक-ठाक था। पड़ोसियों ने बचा लिया था। एक घर जलता, तो दूसरा आग पकड़ता। मोहल्ले के जवान लड़कों ने टोली बनाई थी, हमारे जाने के बाद। रात भर सब रैनसिपाही करते रहे।

भोर उजाले में हम उसी तरह लौट आए शर्मा जी के साथ। एक धुँधली-सी उम्मीद थी, हम पहुँचेंगे तो पिता वहाँ होंगे...वहाँ लेकिन कोई न था। आँगन में मेरी छूटी चप्पल और घर की चाबी वहीं पड़ी थी।

ω

दो दिन। तीन दिन।

हम तीसरी मंज़िल की स्टडी में छिपे बैठे रहे। पाँच ऐन फ्रैंक और एक माँ।

सारा समाज जैसे दो हिस्सों में कट गया था। एक सड़क पर था, दूसरा परछत्तियों में।

बरसाती में छिपे-छिपे ही परिचितों के फ़ोन। बुरी-बुरी ख़बरें।

गुरुद्वारे जलाए जा रहे थे। ट्रेनें रुकवाकर यात्रियों को ढूँढ़-ढूँढ़ कर मारा-काटा जा रहा था। रेडियो, टीवी समाचारों में लेकिन इनका ज़िक्र न था। वहाँ दिन-रात एक महान शव-यात्रा की तैयारी का प्रसारण था।

कहाँ खो गए दारजी?

इस बीच एक परिचित एसीपी से मेरा फ़ोन लग गया। *अंकल, दारजी की दाईं बाजू पर उनका नाम खुदा है...*

एक सीमा के बाद हम कुछ भी सुनने-झेलने के लिए तैयार हो जाते हैं।

बेटा, यहाँ इतनी लाशें हैं कि पहचान में आना मुश्किल है।

ঔ

चौथे दिन, कर्फ़्यू खुलने के बाद, एक अजनबी ग़रीब औरत हमारे पिता का नाम पूछती हुई आई। तब तक हम इतने अरसे से जड़ भयभीत थे कि न हाँ कहते बने, न ना।

डरो नहीं, उसने कहा, *यह अपने पिता की लिखावट पहचानते हो?*

उसके हाथ के पुर्ज़े पर सचमुच दारजी के हर्फ़ थे। घर का पता, और दारजी की स्मृति में उलट-पलट गया फ़ोन नम्बर वहाँ लिखे थे। इसी कारण वे हमें ख़बर नहीं दे पा रहे थे।

वह ठीक हैं।

वह ठीक हैं?

वह ठीक हैं!

ঔ

क़रीब बारह किलोमीटर पैदल चलकर वह औरत हमारे घर पहुँची थी। सुनसान सड़कों और कर्फ़्यू में से रास्ता बनाती हुई।

दारजी लाल क़िले के पीछे बनी उनकी गुमनाम बस्ती में थे।

वह वहाँ कैसे पहुँच गए?

यह एक पहेली थी।

ଔ

इस दुख को रोज़-रोज़ समझना क्यों पड़ता है?

कैसी अजीब बात है। माँ सन् 1984 के दंगों में घिरीं तो उन्हें सन् 1947 याद आया। मैं सन् 2002 का गुजरात देख रही हूँ तो सन् 84 नहीं भूलता।

क्या स्मृति का दंश से इतना गहरा सम्बन्ध होता है?

जैसे हमारा सारा इतिहास हमारे दुःस्वप्नों के इतिहास के अलावा कुछ न हो। कोई भूला-भटका सत्य, सुख, आलोक का क्षण आता भी हो तो लम्बे अँधेरे को चीरकर, निमिष भर को।

ଔ

मैं बार-बार वहीं जा पहुँचती हूँ।

वहीं, जहाँ यमुना बाज़ार के पास रिंग रोड पर बस चालक ने दारजी को उतार दिया था, आगे होता दंगा भाँपकर।

दारजी उतरे ही थे कि जाने कहाँ से भिड़ों के छत्ते की तरह दंगाई उन पर टूट पड़े थे। हाथों में बाँस और लाठियाँ लिये। किसी ने उनकी जेब नहीं टटोली, पैसे नहीं छीने, घड़ी नहीं ली। बस उन्हें पीट-पीट कर मुर्दा करके वहाँ डाल गए।

मालूम नहीं, वह कितनी देर वहाँ पड़े रहे, रिंग रोड के किनारे।

ଔ

आँख खुली, तो बताते हैं, *बहुत प्यास लगी थी। इतनी मार के बाद कोई पीड़ा नहीं, एहसास नहीं। सिर्फ़ प्यास। कंठ में चुभती प्यास। सिर पर साफ़ा है, पगड़ी नहीं, यह भी बाद में पता चला।*

लेकिन यह पगड़ी के कारण ही था, कि सिर बच गया।

वह उठे। सामने हनुमान जी के मन्दिर की ओर चल दिये, जहाँ बाहर की ओर एक नल लगा था। पानी पीने को झुके ही थे कि एक मेहतरानी ने देख लिया। उसने शोर मचाना शुरू किया—*इधर सरदार है।*

उस शोर से ही उन्हें याद आया कि इसके पहले उनके साथ क्या हो चुका था। वरना उन्हें मार की कोई स्मृति नहीं थी। बिलकुल 'जागते रहो' फ़िल्म की तरह।

कहते हैं, *मैंने भागना शुरू किया। किधर जा रहा हूँ, कुछ पता नहीं। कौड़िया पुल की तरफ़ मुड़ा, तो देखा, भीड़ पुल के ऊपर से सिखों को हाथ-पैर पकड़ नीचे फेंक रही है। मैं मुड़कर दूसरी ओर दौड़ता चला गया। दूर-दूर तक कोई आदमी नहीं, सड़क नहीं, यह होश तक नहीं कि सड़क पर नहीं, लाल क़िले के पीछे बनी किसी कूड़ा फेंकने की खाई में भागा जा रहा हूँ...*

खाई में थे, यह तब पता चला, जब दूसरी ओर आ पहुँचे, मुहाने के पास।

कुछ आवारा लगते लड़के वहाँ ताश खेल रहे थे, चारपाई बिछाकर।

अब बचना मुश्किल है। ये सोच मैं ख़ुद ही उनके पास जा खड़ा हुआ। हाथ डालने। लेकिन वे सब तो खेलने में व्यस्त थे। उन्होंने ध्यान ही नहीं दिया कि कोई वहाँ आ खड़ा हुआ है। फिर एक ने देखा, पूछा, क्यों सरदार जी, क्या बात है? मैंने कहा, वही बात है। वे मुझे देखने लगे। ज़िन्दा तो तुम मुझे छोड़ोगे नहीं, मैंने कहा, अब जो चाहो, मेरे साथ कर लो।

मैं वहाँ नहीं थी। लेकिन रुआँसी-सी उनकी यह आवाज़ जैसे अब भी सिर में गूँजती है।

कोई बात हुई है?

उनमें से एक उठ खड़ा हुआ।

जैसे पहली बार उसने उनका हाल देखा हो, अस्त-व्यस्त कपड़े, सिर पर सिर्फ़ साफ़ा, मार खाया सूखा हुआ मुँह।

फिर सबने उन्हें देखा, और एकबारगी उठ खड़े हुए।

ଓ

एक ने उन्हें सहारा दिया ही था कि उनकी सारी चोटें जैसे चीख़ उठीं। वे उन्हें सहारा देकर अपनी बस्ती में ले गए थे, अपने घर, जब एक लड़की ने उन्हें पहचान लिया, *ये तो प्रिंसिपल मैडम के पति हैं।*

वह उसी कॉलेज में पढ़ती थी, जहाँ माँ प्रिंसिपल थीं।

और अब मैं और माँ, उस ग़रीब औरत के साथ गाड़ी में बैठे, कर्फ़्यू से सुनसान हुई सड़कों में से रास्ता बनाते हुए, उन्हें लेने जा रहे थे। मैं, उनकी पत्रकार बेटी, हर बैरियर पर अपना प्रेस कार्ड दिखाकर तिनका-तिनका आगे बढ़ रही थी।

ଓ

बड़ी उत्सुकता थी न मुझे, दंगा देखने की?

उस दिन मैंने सब देख लिया। लुटी हुई दुकानें, सड़कों पर बिखरा सामान, जले हुए ट्रक, स्टियरिंग पर बैठी, जली हुई लाशें।

आग में घिरा आदमी कितनी देर में मरता है?

पहले त्वचा जलती है, फिर नसें।

जल और रक्त ले जाने वाली नाड़ियों के अभाव में सारे शरीर के जल का बाँध टूट जाता है।

जलता हुआ आदमी अग्नि से नहीं, प्यास से मरता है। शरीर के निर्जल हो जाने से मरता है...

ये सब मैंने देखा, बरसों बाद, एक डॉक्यूमेंटरी में।

गोधरा की ट्रेन में भी इसी तरह मरे होंगे?

ଓ

हम उन्हें ले आए, कम्बल में लपेटे, छिपाए-छिपाए।

दारजी को गुम चोटें लगी थीं। ये चार दिन बस्ती के लोग उन्हें गर्म दूध में हल्दी घोलकर पिलाते रहे थे। ग़रीब लोगों का घरेलू इलाज।

और वे आवारा-से लगते लड़के?

पता चला, दारजी को घर पहुँचाने के बाद उन्होंने टोली बनाई, घायलों को बचाने की टोली! लाल क़िले के पिछवाड़े पड़े सिखों को उठा-उठा कर वे अपनी बस्ती में लाते रहे, उपचार करते रहे, जैसे जीने का उद्देश्य मिल गया हो!

हम कहाँ जाकर खड़े हों?

विश्वास की ज़मीन पर? या सन्देह की दलदल में?

इन्दिरा गांधी को ख़ुफ़िया एजेंसियों ने गार्ड बदलने को कहा था, वे नहीं मानीं। अब उन्हीं ने उनकी हत्या कर दी थी। दारजी उन लड़कों के हाथों मरने के लिए पहुँचे थे और लड़के जुआ खेलना छोड़ उन्हें ही नहीं, तमाम घायलों को बचाने में लग गए थे।

ଓଃ

माँ कुछ और ही हो गई थीं, इस सारी बदहवासी और कर्फ़्यू लगे शहर की यात्रा के बाद।

तुम लोग जो बच गए हो, उन लोगों से किसी भी तरह बेहतर नहीं, जो बच नहीं पाए। अपने ज़रूरी कपड़े छोड़ सब स्वेटर, शालें इस चादर में बाँध दो।

उन्हें सब याद था, कैसे शरणार्थी कैम्प में तौलकर आटा दिया जाता था। नंगे पैर स्कूल जाती थीं, प्रार्थना गाने वाली प्रमुख बच्चियों में थीं सुरीले गले के कारण, जब एक दिन प्रिंसिपल ने सभा रुकवा दी।

ऐ लड़की, वह क्या है तुम्हारे पैर में?

काँच चुभा हुआ था पैर में, रक्त बह रहा था लक़ीर में, और मेरी बारह वर्षीया बच्ची-माँ हाथ जोड़े स्कूल की प्रार्थना गा रही थीं।

उन्हें मालूम ही नहीं था कि रास्ते में चुभे-चुभे काँच उनके स्कूल तक आ गया था, प्रार्थना की पंक्ति तक, शायद उसके बाद की एक बहुत लम्बी सड़क पर भी, जो उनके जीवन की थी, उनके संघर्ष की।

कुछ भी नहीं भूला था। न उन्हें, न हमें।

ω

अब हम दंगा पीड़ितों के शिविरों में जा रहे थे। माँ और मैं। कर्फ़्यू में प्रेस कार्ड दिखाकर रास्ता बनाना हमें आ गया था।

शायद नानकसर वालों का एक शिविर था। जाने कितने लोग वहाँ रहे होंगे? पाँच सौ? एक हज़ार?

मेरे पास अनुमान लगाने का कोई अनुभव न था। अब भी नहीं है। बस इतना याद है, बड़े-बड़े पंडाल लगे थे और चारों तरफ़ भीड़ थी।

किसी की बाँह पर पलस्तर था, किसी की टाँग पर। एक लड़के का सारा शरीर ही पट्टियों में बँधा था, सिर्फ़ आँखें बाहर झाँक रही थीं। कान भी पट्टियों से ढके थे। मालूम नहीं, वह हमारी बात सुन पा रहा था या नहीं।

ω

और तब मैं उस बूढ़े दम्पती के पास जा पहुँची, जिसे मुझे याद रह जाना था, आने वाले सब वर्षों के लिए।

धवल दाढ़ी-केश वाले वह सरदार जी एक ओर पथराए से बैठे थे। बीच-बीच में उनकी पुतलियाँ हिलने का भ्रम होता लेकिन अगले ही क्षण वह फिर जड़ दिखते।

मालूम नहीं, अपने आसपास से यह उनका सम्बन्ध बनने की शुरुआत थी या समाप्त होने की? इतनी भीड़ और शोर में कुछ पता न चलता था, वे कहाँ थे? ज़िन्दा लोगों में कि मर गयों के बीच?

उनकी पत्नी—स्थूलकाय बूढ़ी पंजाबिन स्त्री—लगातार बोले जा रही थीं। मशीन की तरह। उनके भरभराए गले से जान पड़ता था, वह अपनी आपबीती कम-से-कम डेढ़-दो सौ बार सुना चुकी थीं। जब से उन्हें शिविर में पहुँचाया गया था, शायद वह यही कर रही थीं।

आपके साथ क्या हुआ?

जो भी नया व्यक्ति उनसे आकर पूछता, वे सब बताने लगतीं, एकदम शुरू से। चेख़ॅव के किसी संतप्त, पीड़ित चरित्र की तरह।

ꕥ

यह तो अब, इतने वर्षों बाद जाना है, कुछ प्रश्न उत्तर सुनने के लिए नहीं होते। हों भी, तो उनका कोई उत्तर नहीं होता। बार-बार छीलने से, मलहम रखने से घाव कभी ठीक नहीं होते।

हम यही तो कर रहे थे।

उनसे पूछते तो वह घाव खोल देतीं, हम अच्छी तरह देख लेते भीतर, अभी तक बह रहा है रक्त? टूटी पड़ी है अस्थि? और ढक्कन बन्द कर देते।

फिर कोई दूसरा आता, *क्या हुआ था आपके साथ?* वह फिर उघाड़ देतीं रक्त-रंजित अपना सब कुछ।

अपने भीतर वही सब घाव समाए एक दिन वह लौट गई होंगी, कैम्प से घर।

एक जीवित, साबुत स्त्री, जो दंगे में बच गई थी।

जिसके बचने में कोई सम्भावना नहीं थी नये समाचार की।

जो कुछ हो गुज़रा था उनके साथ, अब पुराना था। बासी, बेकार।

मैंने पूछा उनसे तो खोल दिया उन्होंने अपने पेट का ढक्कन—यह देखो मेरे भीतर सरसराता मवाद। घाव कहीं दिखता है? कि सिर्फ़ अब मवाद है?

मेरे अनपके 'पत्रकार' चेहरे को देख रही थीं वह?

नहीं।

ꕥ

अन्धी हो चुकी थीं वे, पीड़ा में अन्धी, अपने शब्दों के गिर्द नाचती एक विक्षिप्त माँ।

मेरे तीन बेटे थे। एक इंजीनियर, एक लेक्चरर, एक काम करता था नेहरू स्टेडियम में। तीनों इतने ऊँचे-लम्बे थे कि देखने के लिए सिर के पीछे हाथ रखना पड़ता था मुझे। तीनों जवान और सुन्दर। उन्होंने तीनों पकड़ लिये। मैंने बहुत हाथ जोड़े, पैर पकड़े, रोई उनके आगे। उन्होंने किसी को नहीं छोड़ा। एक को काट दिया। एक पर आग लगा दी तेल डालकर। और तीसरा...तीसरे की बारी तेल ख़त्म हो गया था...उन्होंने ज़बरदस्ती उसका मुँह खोल उसमें बचा-खुचा तेल...

कहीं कम्पन नहीं आवाज़ में, उतार-चढ़ाव नहीं। मशीन के जैसी अमानवीय आवाज़।

आपको यक़ीन नहीं आता? आप जाकर मेरा घर देख लो। यमुना विहार के इस नम्बर में हम रहते थे। वहाँ मेरे बेटे की कटी टाँग अब भी रखी होगी, आँगन में, स्कूटर के पास...

cs

क्या सरदार जी की आँख की पुतली हिली थी? ठीक इसी क्षण मुझे भ्रम हुआ।

जैसा मैंने बताया, मेरे पास दुर्घटना जाँचने का कोई तरीक़ा न था, अनुमान लगाने का न कोई अनुभव।

यह तो मैं आज कह सकती हूँ, इतने वर्षों और इतना देखने के बाद, कि बाहर का पर्दा गिरा दो, तब भी अन्दर के दृश्य को काँपने से कोई नहीं रोक सकता।

देखने का कोई अन्त है क्या?

और देखने से बचने का?

cs

सन् उन्नीस सौ सैंतालीस के आसपास तीन साधारण-सी घटनाएँ हुईं। तीनों अपने पीछे निशान छोड़ गईं। तीनों, मुझे उन घटनाओं से जुड़े व्यक्तियों ने अलग-अलग समय पर बताईं।

इस तरह वे एकाधिक समय घटीं। एक बार घटते समय, दूसरी बार कहते समय, और उसके बाद अनेकों बार, कहे-अनकहे के बीच कौंधते समय।

ᨖ

पहली—माँ बारह वर्ष की उम्र में सपरिवार हिन्दुस्तान आई थीं—पाकिस्तान से उजड़कर आने वाले शरणार्थियों के क़ाफ़िले में। जालंधर की सड़कों पर उन्होंने जुलूस देखा था—नंगी, स्तन-कटी स्त्रियों को घुमाए जाने का जुलूस।

यह किसी अख़बार में पढ़ा गया क़िस्सा नहीं था, ख़ुद उनका आँखों देखा वाक़िआ था, जिसे अब मैं स्वयं उनसे सुन रही थी, ग्यारह-बारह वर्ष की उम्र में। मैं और मेरी छोटी बहनें, ब्लैक आउट के सन्नाटे में।

बाहर आवाज़ें थीं सायरन की, और अँधेरे में गूँजती पहरेदारों की बेचैन सीटियाँ।

वे सन् इकहत्तर के युद्ध के दिन थे।

अपनी देह में हो रहे बदलाव हमारे लिए इतना कौतूहल का विषय थे कि ढेर सारी स्त्रियाँ, बिना स्तनों के नहीं, बल्कि कटे स्तनों वाली, हमारी कल्पना में ठीक से न आती थीं। न उनकी सामूहिक नग्नता का बीभत्स रूप।

मैं और मेरी बहनें अभी बिलकुल ही बच्चियाँ थीं।

वे याह्या ख़ान की बर्बरता के दिन थे, बांग्लादेश बनने से ठीक पहले के दिन।

ᨖ

इतने वर्षों बाद सोचती हूँ, उन दिनों स्त्रियों पर सैनिकों की बर्बरता की जैसी ख़बरें आती थीं, उसी से माँ को बचपन में देखीं वे स्तन-कटी स्त्रियाँ याद आई होंगी? वरना इतने वर्षों बाद कोई स्त्री अपनी बच्चियों को क्यों बताना चाहेगी कि उसने अपने जीवन में, बचपन में, युद्ध और बँटवारे के दिनों में क्या देखा था!

कहाँ गईं वे स्त्रियाँ, लुंचित और अपमानित, जो किसी सुदूर समय में सड़कों पर घुमाई गई थीं इस देश में?

धरती लील गई उन्हें? आँधी ले गई उड़ा?

किसी ने तो ढका होगा उन्हें?

उस शाम चौराहे से वे सब घर लौटे होंगे—आततायी, तमाशबीन। इतिहास में किसी की छवि दर्ज नहीं, सिवाय उन स्त्रियों के।

विचित्र नहीं?

ᗢ

दूसरी—उन्नीस सौ चौरासी के दंगे अभी ख़त्म नहीं हुए थे कि कई दिनों तक हमने सिद्धू अंकल को बौखलाए घूमते देखा। वे हमारे आधे परिवार को अपने घर ले आए थे, यूनिवर्सिटी कैम्पस में। आधा परिवार कपाही अंकल ले गए थे अपने यहाँ। दोनों जगह कोई ख़तरा न था दंगाइयों से।

सिद्धू अंकल बार-बार कैम्पस से बाहर निकलते, हालात का जायज़ा लेने, लौट आते। सिर हिलाते हुए।

हमें कुछ समझ में न आता, क्या बात है, सिर्फ़ इतना, कि वे विचलित हैं, बहुत विचलित।

एक दिन बोले अचानक, *इन्हें पता नहीं, ये क्या कर रहे हैं। इन्हें पता नहीं, ये इन्हें कहाँ ले जाएगा।*

वह यों विचलित और विह्वल मँडराते हुए दिखते, जैसे कोई रहस्य उनका सीना फाड़ कभी भी बाहर आ जाएगा।

हमारे कोई परिचित नहीं, मंच पर घूमती बेचैन लेडी मैकबेथ जैसे वह लगते। एक दिन वह फूट पड़े—

मालूम है, सन् सैंतालीस में मैंने एक आदमी को मारा था...अभी तक उसका ख़ून मेरे हाथों पर लगा है। ऐसा लगता है, वह अभी तक मुझे देख रहा है।

कौन था वह?

हमारे गाँव का मुसलमान फ़क़ीर। अन्धा था। कुएँ के पास वाले खेत में उसे मैंने ही छिपाया था। तुम सोच भी नहीं सकते, पागलपन कैसा होता है। दिमाग़ में कैसे ज़हर फैलता है। तीन दिन मैं उसे छिपाए रहा। दिन में मैं बाहर निकलता। एक से एक बुरी ख़बरें। वहशी दृश्य। रात अँधेरे में छिपकर मैं उसे रोटी देने जाता। मुझे पता ही नहीं चला, मेरे भीतर इतना ग़ुस्सा भरता जा रहा है। सत्रह साल का था मैं।

एक रात मैं गया, रोज़ की तरह। ख़ून सवार था मेरे सिर पर। मेरी आहट पहचान कर फ़क़ीर ने समझा, मैं रोटी लाया हूँ। वह मुझे टटोल रहा था हाथों से, जब मैंने छुरा भोंक दिया उसे। बेटा तू?

उसके आख़िरी शब्द थे। वह मुझे पहचान गया था। उसने मेरी बाँहों को पकड़ रखा था। आज इतने साल होने को आए, अभी तक जैसे मुझे घूर रहा है, अँधेरे में पड़ा...

ଔ

तीसरी—मेरी मरणासन्न दादी।

जाने कितने दिनों से वह गाए जा रही हैं। न उन्हें दिन का होश है, न रात का। न गर्मी का, न पसीने का। जैसे उनकी सारी हस्ती उनकी आवाज़ में सिमट गई हो।

कौन-से देश-काल में हैं वह?

किसी-किसी दिन दादी लौट आती हैं हमारे पास। हममें से किसी की आवाज़ सुन। कौन-सी दुनिया है यह? जो उन्हें दिखाई नहीं, सिर्फ़ सुनाई देती है? वह सचेत होती हैं। केवल कुछ पलों के लिए।

ऐसे ही किसी पल हाथ रखती हूँ मैं उनके माथे पर। स्पर्श की डोर पकड़े-पकड़े वह लौट आती हैं हमारे पास।

भाभी, आपको गांधी याद हैं?

वह अचकचा जाती हैं। माथा फरफरा रहा है उनका! पन्ने पलट रही है स्मृति?

हाय-हाय, याद क्यों नहीं, वह अमृतसर आया था।

उनकी मौत याद है आपको? आप क्या कर रही थीं उस वक़्त?

होंठ थिरक रहे हैं उनके। आँसू निकल आए हैं।

ठीक नहीं किया। यह सवाल पूछकर मैंने ठीक नहीं किया। मेरी लेटी हुई दादी, अन्धी, कृशकाय। आधी देह, आधा शव।

अचानक वह गाने लगती हैं। नहीं, गा नहीं रहीं, विलाप कर रही हैं, जैसे पारम्परिक तरीक़े से गाँवों में किया जाता है।

ओ... गांधी... तू न मरदों मैं मर जांदी...

काफ़ी समय वह उसी दुनिया में रहती हैं। विलाप की दुनिया में। मैं धीरे-धीरे उनका माथा सहला रही हूँ। उन्हें सन्ताप की दुनिया से वापस ले आती हूँ।

याद है, सब याद है। उस रात हवेली में मैंने त्रिंजण रखा हुआ था। औरतों का रतजगा। सब औरतें चरखा ले आईं अपना-अपना। रात भर हमें कातना था चाँदनी की लौ में बैठकर, जब गाँव का चौकीदार ये ख़बर लाया... हमें क्या पता था, कोई नखत्ता उसे गोली मार देगा। ओ... गांधी...

वे विलाप करने लगी हैं फिर।

उनकी चेतना में समय सब गड्डमड्ड है।

रात भर अब ऐसे ही चलेगा।

उन्हें कौन समझाए कि गांधी को मरे पचास साल हो गए।

पता नहीं, मैंने ये सवाल पूछा क्यों?

जैसे उनकी परीक्षा लेने के लिए कोई अच्छी बात पूछी नहीं जा सकती थी!

कैसे-कैसे अवसाद आदमी छिपाए रहता है अपने भीतर, अन्तिम समय तक। और चला जाता है एक दिन अकेला, चिता पर जलने।

ဗ

और अब सन् 2002 में अख़बारों और टीवी पर बार-बार वही चेहरे। वही ताप, वही तपन। मरने वालों का शोर, मारने वालों का शोर। तमाम पत्र-पत्रिकाओं के पृष्ठ पर एक चेहरा स्थिर हो गया है।

एक आदमी हाथ जोड़ता बिलबिलाता खड़ा है।

पीड़ा से बन्द आँखों में आँसू चमक रहे हैं। आँसू, जिन्होंने उसे अन्धा कर दिया है।

ဗ

वह हाथ जोड़ता खड़ा है।

किसके आगे?

तसवीर में नहीं दिखता लेकिन चेहरा कैसा है सामने वाले का?

हत्यारे का है? कि ईश्वर का?

उसे कुछ पता है? बिलबिलाते खड़े, डर और पीड़ा से अन्धे, उस आदमी को?

ဗ

सब सह सकता है मनुष्य। किसी ने कहा था। विश्वयुद्ध में यहूदियों के बच जाने पर।

पता नहीं, हताशा में कि धिक्कार में।

ဗ

हम भूल कैसे जाते हैं? बच कैसे जाते हैं?

क्या है इसका रहस्य?

क्या इतना भर कि मारने वालों की अपेक्षा बचने वाले की, बचाने वाले की संख्या हमेशा एक अधिक होती आई है?

केवल एक अधिक!

केवल एक अधिक?

[2003]

दीक्षा-पर्व

मैंने उनकी देशना नहीं ली। न दीक्षा।

वह मेरे संग चले आते हैं, मैं उनके। वह मेरा रहस्य हैं, मेरे अन्तरतम की अबूझ हलचल।

जब भी मैं कुछ कहना चाहती, पिता टाल देते। उस छोटे-से दिल पर पता नहीं क्या-क्या गुज़रता।

रवालसर। 1976।

मनाली जाते हुए हम रुके हैं।

गुरुद्वारे में गुरु गोविन्द सिंह के शस्त्र, जूता, पलंग देखकर लौटे हैं। सुबह-सवेरा है।

एक गोम्पा के बाहर हम बैठे हुए हैं। पता नहीं क्यों?

ꙮ

यह मेरे जीवन का पहला गोम्पा है—गुरु पद्मसम्भव का स्मृति-स्थान।

जहाँ हम बैठे हैं, वहाँ से भीतर का सब दिख रहा है। बड़े-बड़े बिगुल, घंटे, नगाड़ा। रहस्यमय लामा लोग। अजीब-सी आवाज़ें, संगीत। सब कुछ भयाक्रान्त करने वाला। कुएँ की तह से ऊपर आती एक पुकार। दबोचती हुई, नीचे खींचती हुई।

कुआँ धरती में नहीं, दिल के भीतर था। एक दिन इसका पता चलेगा।

दारजी, मैं बौद्ध बनना चाहती हूँ।

पिता से कहती हूँ।

सत्रह की हूँ। न बच्ची, न वयस्क।

आयु जैसे बचपन और युवपन के खाँचे में टिकने की बजाय कहानियों में भटकती रहती है। सखियों की जगह चरित्रों के साथ बतियाती घूमती रहती हूँ।

ज़्यादातर मैं भीष्म पितामह के पास बैठी रहती हूँ। शर-शैया पर वह लेटे हैं।

युद्ध कब का समाप्त हो गया, सब अपने घरों को लौट गए। बस भीष्म पितामह सूने मैदान में एक ओर पड़े हैं।

दक्षिणायन के महीने, शरद-शिशिर के मास, नवम्बर-दिसम्बर की सर्दी।

उनके शरीर में शर और घाव सब एक हो चुके हैं।

जिनकी भीषण प्रतिज्ञा सुन कभी आकाश से फूल बरसे थे, अन्तिम दिनों में उनके लिए कोई छत-छप्पर नहीं, घाव के लिए कोई लेप नहीं, सेंक नहीं।

ये कैसी इच्छा-मृत्यु का वरदान है कि वह पीड़ा का वरण करके लेटे हैं?

पिंडदान देते हैं तो पुरखों, जन्मे-अजन्मों के बाद, सबसे अन्त में भीष्म पितामह को। उनको स्मरण किये बिना अर्चना पूरी नहीं होती।

मैं ये सब जानूँगी, बरसों बाद, पिंडदान करते समय।

और दानवीर कर्ण, अभी-अभी जिन्होंने अपना सोने का दाँत पत्थर से तोड़कर भिखारी के वेश में आए कृष्ण को दे दिया है।

मरणासन्न, रक्तसना उनका मुख।

उसी मुख से वह वरदान माँगेंगे।

कहेंगे, *मुझे उस जगह जलाएँ जहाँ उससे पहले कभी कोई शव जला न हो।* और भगवान अपनी बाईं हथेली विराट रूप में फैलाएँगे, उसी पर चिता बनाएँगे, कर्ण का दाह करेंगे।

श्रीकृष्ण के विश्व-रूप की, द्रौपदी का चीर-वस्त्र सँभालने की चर्चा होती है, लेकिन उनके हाथ के विराट रूप पर कर्ण की चिता की कभी नहीं।

जाने क्यों?

और राजकुमार सिद्धार्थ।

आधी रात को महल में से निकलते हुए नहीं, भिक्षा-पात्र के पास बैठे हुए दिखते हैं।

भिक्षा में मिला यह उनका पहला भोजन है, कठौते में जिसे देख उन्हें मितली हो रही है। न कहीं राजमहल है, न ज्ञान। वह महल लौट जाएँगे कि वन में?

यह सना-लिथड़ा भोजन उनके मुख में जाएगा?

इसी घृणित दिखते पथ्य को खाकर ज्ञान-मार्ग पर पहला पग रखेंगे?

प्रथम विजय वह नहीं, जो छह वर्ष बाद उनके जीवन में आएगी। यह है—स्वाद पर विजय का पहला क्षण।

बुद्ध-कथा इस प्रसंग पर ठिठकती भी नहीं, मैं रात-दिन वहाँ खड़ी रहती हूँ, सिद्धार्थ की कठौती के पास। उस अप्रिय अन्न के पास।

वह इसे खा लेंगे?

मुझे विश्वास नहीं हो रहा।

रात-दिन छिपन-छिपाई चलती है। भीष्म पितामह, कर्ण, दीवार में चिने जाते साहिबज़ादे, बुद्ध।

पिछले दिनों घोषणा पढ़ी थी। कॉलेज जाते हुए रास्ते की दीवार पर। बुद्ध-पूर्णिमा पर हज़ारों लोगों को दीक्षा दी जाएगी।

वर्षों की मेरी अमूर्त इच्छा ऊपर आ गई है।

दारजी, मैं बौद्ध बनना चाहती हूँ।

मैं फिर कहती हूँ। न बच्ची, न बालिग।

अनुमति लेने को नहीं कह रही, जैसे किसी स्वप्न के बीच बैठी कहती हूँ।

अभी यह रास्ता बहुत लम्बा है। इसमें बहुत सारे वियोग हैं, बहुत सारे मरण। शोक-कातर उस माँ तक पहुँचने में कई वर्ष हैं, जिससे कहा था शास्ता ने—जाओ, उस घर से एक दाना सरसों का ले आओ, जहाँ पहले कभी कोई मरा न हो।

मैं कब कहूँगी—मैं तुम्हारी शरण में आती हूँ बुद्ध।

हम तुमसे कुछ भी उम्मीद कर सकते हैं। पिता कहते हैं।

जब से स्कूल में संगीत की अपनी ग़ैर-धर्म की टीचर के साथ एक ही टिफ़िन में मैंने खाना शुरू किया, उन्होंने मुझे अपनी थाली के पास बैठने नहीं दिया। शायद वह मुझसे शुद्ध आचरण की उम्मीद रखते थे। सिख आचरण? बाप-दादा का जाँबाज़ धर्म। घने जंगलों में छिपे बैठे छापामार, हर साँस से धर्म की रक्षा करते हुए सिख।

मैं हूँ कि सब गड़बड़। दादी की कहानियों का गणेश उन्हें आटे से बनाकर दिखाती हूँ। *ऐसे बनाया था न उसे गौरा ने?*

जैसे कथाएँ ही कोई धर्म हों। कभी हिन्दू, कभी सिख, कभी बौद्ध।

जीवित सभ्यता का अंग होने का संकेत है यह?

बुज़ुर्गों की बताई राह जब एक पुस्तक तक सीमित नहीं रहती? हम एक से निकल दूसरी पुस्तक में जाते रहते हैं। कहीं कुछ भी नहीं, कोई भी नहीं बीतता? देश-काल की कोई सीमा हो सकती है, कल्पना में भी नहीं आता।

तुम्हारी शरण में आती हूँ। मैं बुदबुदाती हूँ।

किसकी शरण में?

ꖓ

मैं उस ऋषि-कन्या का चेहरा देखना चाहती हूँ। राजा दुष्यन्त की सभा से निकली तेजस्विनी शकुन्तला का।

हमारी भारत जाति की माता का चेहरा।

वह कैसा पुरुष था, जो अपना अभिसार मात्र सात-आठ मास में भूल गया। कैसे रहे होंगे उसके अभिचार-व्यस्त हाथ, जिन्हें याद नहीं रहता था, वे कहाँ, किस-किस की देह से गुज़र जाते थे। वह प्रेम करता था, वचन देता था और भूल जाता था।

जिस पिता को अपना बीज रोपना याद न रहे, उसकी सन्तान को, उसकी जाति को उसका स्मरण कैसे करना चाहिए?

शकुन्तला अपने सत्य के साथ अकेली लौटती है। अपने गर्भस्थ शिशु के साथ।

गर्भिणी सीता जंगल में पेड़ तले सोते समय त्याग दी जाती है। पति के आदेश से।

सद्यःप्रसूता यशोधरा को नहीं मालूम, उसका राजकुमार रास्ते में देखे तीन महान दृश्यों के कारण नहीं, रंग-महल में नर्तकियों के मद-विकृत सोए मुख देख घर छोड़ गया है।

बुद्ध-कथा में तीन दृश्यों की बात केन्द्रीय है लेकिन सिद्धार्थ का अपनी रंगीन जीवन शैली के प्रति गहरा वितृष्णा-बोध इंगित भर किया जाता है। जैसे उनकी महात्म-कथा को उनका साधारण आसक्तिपूर्ण जीवन अवरुद्ध करता हो। कथा-चरित्र सिद्धार्थ आकांक्षा यों छोड़ देते हैं, जैसे कभी उसमें डूबे ही न हों।

जब डूबे नहीं, तो छोड़ा क्या?

ꖓ

शकुन्तला, सीता, यशोधरा—हमारी जाति की मानिनियाँ। परित्यक्ताएँ।

शकुन्तला अस्वीकार नहीं करती, जैसे सीता करती है।

शकुन्तला प्रश्न भी नहीं पूछती/पुछवाती जैसे यशोधरा करती है, अपने पुत्र के माध्यम से।

इसीलिए साधारण मानस में शकुन्तला एक तेजस्विनी कन्या से कभी ऊपर, अलग नहीं उठती। उसकी नियति में मरुस्थल तो है, अँधेरा नहीं। उसके आत्म में मन्थन नहीं, जिसके आकुल प्रश्नों से युग-युगान्तर चिह्नित होते हैं।

सीता की कठिन परीक्षा देख हम हाहाकार करते हैं, यशोधरा को देख हम रुँधने लगते हैं, शकुन्तला को देख सिर्फ़ कुन्द-सी पीड़ा होती है।

०३

क्या इसलिए कि शकुन्तला स्वयं अपनी पीड़ा को, नियति को शब्द से मुक्त रखती है? हम कभी नहीं जान पाते, राजा दुष्यन्त के यहाँ न पहचाने जाने, न स्वीकार किये जाने के सन्ताप से उसमें क्या फला?

राम को अस्वीकार करते हुए सीता आर्तनाद करती है, धरती से जगह देने को कहती है। उसका दुख इतना बड़ा है कि धरती फट जाती है। उसका दुख इतना बड़ा है कि सदियों चलते आए कथानक में, विभिन्न आख्यानों में, कभी भी ऐसा नहीं होता कि धरती न फटे, सीता का दुख उसके पाठकों के लिए थोड़ा सहनीय हो जाए।

बुद्ध बनकर महल लौटे पति से मिलने यशोधरा नहीं जाती। कहला देती है, जो मुझे आधी रात में छोड़कर गए थे, उनकी इच्छा है तो मुझे यहाँ आकर देखें। बुद्ध जाते हैं, साथियों से कहते हैं, वह मुझे देखकर छुएगी, रोयेगी, बुरा-भला कहेगी, तुम कुछ कहना मत।

यशोधरा का दुख काग़ज़ पर फैलने का, सिमटने का अवकाश पाता है। हम उसकी मिट्टी का गुँथना, चाक पर चढ़ना, धूप में सूखना, आवाँ में तपना सब देखते हैं।

तब तक, जब तक कि बुद्ध कई वर्ष ना-नुकर करने के बाद अन्ततः स्त्रियों को अपने संघ में जगह नहीं दे देते।

पहले माँ प्रजागौतमी भिक्षुणी बनती हैं, फिर परित्यक्ता यशोधरा।

भिक्षुणी बनती हुई भी वह उन्हीं का वरण करती है।

अब संघ पाँच सौ वर्ष भी जीवित न रह सकेगा—बुद्ध वचन कहते हैं।

क्या यह स्वीकारोक्ति है, उस अदृश्य तार की, जिससे वह अभी तक बँधे हैं अपनी स्त्री से?

बुद्ध स्त्रियों के लिए जगह छोड़ते हैं।

स्त्रियाँ अपनी सारी धूप साथ लिये संघ में प्रवेश करती हैं।

शकुन्तला के सन्ताप में क्या कुछ भी आकार लेता है? ऋषि-कन्या की उज्ज्वल प्रकृति में सन्ताप की जगह इतनी कम है कि उसका दुख अनुपजाऊ रह जाता है। बंजर। त्याग दिये, अस्वीकार किये जाने पर भी उस पर आसमान नहीं गिरता। ऋषि-पिता के आश्रम में लौट वह पहले-सी मानिनी रहने लगती है।

क्या वह राजा को याद करती है?

कि वह उसे भूल गई है?

उसके हृदय के रहस्य के बारे में हमें कुछ भी नहीं पता।

शकुन्तला की नियति में अतिमानवी बनने के सब बीज थे, लेकिन आत्म-मन्थन के अभाव में वह महानता का अपना संयोग गँवा देती है। कुछ ऐसे कि हम भूल तक जाते हैं कि आख़िर भाग्य ने शकुन्तला को भी धूप में खड़ा किया था।

वरदान और शाप के उजाले-अँधेरे में चला उसका जीवन विस्मित तो करता है, व्यथित नहीं। कथा में जब तक उसका व्यस्त-अभिचारी पति विस्मरण के शाप से बाहर आता है और उनके बीच सब कुछ पहले जैसा सुन्दर, निष्कलंक, निष्पाप हो जाता है, जब तक उसका पुत्र भरत, हमारा आदि-पिता, सिंह के दाँत गिनने का शौर्य दिखाता है, हम उनमें रुचि खो देते हैं।

वे इतने साधारण हो गुज़रते हैं कि हमारे स्मरण में नहीं टिकते। श्राद्ध-तर्पण में भी नहीं।

☙

क्या यह कथा एक संकेतक है?

सिन्धु नदी किनारे बसने वाले हम लोगों में अपने पूर्वजों का स्मृतिलोप, उनकी नैसर्गिक उज्ज्वलता, उनका सहज शौर्य आदि सब गुण हैं।

और नियति से अपनी मुठभेड़ को नि:शब्द, बंजर रहने देने की अकर्मण्यता भी!

☙

मुझे चीज़ें दिखती हैं—किसी से कहना चाहती हूँ।

किससे कहूँ? आसपास कोई भी नहीं।

जिनसे ये सब कहा करती थी, वह अब हैं नहीं।

ज़्यादा नहीं, फिर भी चीज़ें दिख जाती थीं, इतनी कि अपने ऊपर अविश्वास होने लगे।

तारा मुझे अच्छी लगती थीं। बहुत अच्छी। बौद्ध देवी तारा। उनका एक थंका मैंने धर्मशाला में लिया था। घूमते-फिरते यूँ ही। जैसे टूरिस्ट ले लेते हैं। तिब्बती दुकानदार ने कहा, *ऐसे नहीं, यहाँ इतनी देवियाँ हैं, इन्हें ध्यान से देखिए, जो आपको अपनी तरफ़ बुलाए, जिसे देख आपको लगे वह आपको देख रही है, उसे चुनिए। वह आपके भाग्य की तारा है।*

मैंने अपनी तारा को तुरन्त पहचान लिया। वह मेरी ओर ही देख रही थीं।

मैं उन्हें ले आई। मेरे कमरे की दीवार पर टँगी-टँगी वह मुझे देखतीं। उनकी पूजा करूँ, यह ध्यान ही नहीं आया। कभी भूले-भटके अगरबत्ती जला ली हो तो।

तारा मुझे अच्छी लगती हैं।

रेल-यात्रा के दौरान मिल गए एक अनजान लामा से मैंने कहा।

शायद सन् 2000 था।

उन्होंने रेल में ही मुझे तारा-मंत्र की एक पुस्तिका दी। बोले, *छोटा-सा मंत्र है। कभी-कभी पढ़ लिया करें, लेकिन जब भी पढ़ें, कम-से-कम इक्कीस बार। इक्कीस ताराओं के लिए।*

मेरी देवियाँ। अवलोकितेश्वर के आँसुओं से निकलीं तारा। ताराएँ।

जाने मैं क्या करती फिरती थी। वे मुझे देखती होंगी, इसके पास इतना भी समय नहीं कि...

ଓ

समय सचमुच नहीं था। जीवन जैसे जिया नहीं, निगलता जा रहा था।

अब जब समय है तो भी पूजा आदि करना अपने बस का नहीं। हाँ, जप कहीं भी हो सकता है, चलते-फिरते, सैर करते, गाड़ी चलाते, बग़ीचे में कुर्सी पर पैर फैलाकर बैठे।

लेकिन बीच के वर्षों में कुछ ऐसा हुआ, देवी कुछ ऐसी घनिष्ठता में दिखने लगीं, विशेषकर जप के समय, कि डर के मारे मैंने माला छोड़ दी। चीज़ें मुझे पहले भी दिखती थीं, लेकिन ऐसा तो कभी नहीं हुआ। वह भी जप के समय!

किससे कहूँ?

एक रात मैंने कह डाला, अँधेरे में, किन्नौर के नाको गाँव के बाहर, निपट अनजान अपनी टेंट और सेमिनार साथिन आंद्रिआ लोसरीज़ से। शान्तिनिकेतन में बौद्ध धर्म की प्रोफ़ेसर हेड। तंत्र साधना के लिए श्मशान जाती थीं, यह उन्होंने बाद में बताया।

आंद्रिआ, यह सब जाने कहाँ से मेरे भीतर आ गया, एक देवी को इस तरह सोचना, इतना अन्तरंग महसूस करना...जाने मैं तारा के भीतर जाती हूँ कि वह मेरे अन्दर।

काफ़ी देर अँधेरे में कोई आवाज़ नहीं, उत्तर नहीं। आंद्रिया जैसे रो रही है।

क्या तुम्हें बुरा लगा है? मैंने तुमसे पहले ही कह दिया था, एक बहुत अजीब बात तुम्हें बताना चाहती हूँ।

पगली, मैं तो ख़ुशी में तुम्हारे लिए रो रही हूँ। तुम्हें किसी पुस्तक की ज़रूरत नहीं धर्म जानने के लिए। तुम दरवाज़े तक पहुँच गई हो।

दरवाज़ा।

कौन-सा दरवाज़ा?

ß

आप गायत्री का जप किया करें। आपका भला होगा। आकार-ध्यान करना है तो देवी-रूप, निराकार-ध्यान करना है तो अन्तरिक्ष में फैला प्रकाश।

शान्ति कुंज वालों ने कहा, वैसा सन्ताप देख। पिंडदान कराते समय।

मुझे अन्तरिक्ष-ध्यान रुचा।

जहाज़ से देखो तो आकाश कैसे अपनी ओर खींचता है। कोई अदृश्य हमें ओट से देख रहा है, कैसा सच्चा लगता है।

और तारा? जो मेरी आवाज़ सुन दौड़ी चली आती थीं? शून्य में से देखतीं उसकी निष्पलक आँखें?

आप तारा अभिषेक ले लीजिए। परम-पावन सारनाथ आ रहे हैं। आप भी आ जाएँ उस समय।

कई साल बाद प्रोफ़ेसर सामतेन कहते हैं। मेरा तारा-वियोग सुनने के बाद।

शर को दोष दूँ, कि दूँ इस शरीर को
घाव यह मेरा मुझे किसने दिया है?

ß

पढ़ते-पढ़ते उनकी आवाज़ भर आती है। बोधिचर्यावतार की देशना दे रहे हैं दलाई लामा। बौद्धों का बीज-ग्रंथ। चालीस हज़ार लोगों के बीच वे बैठे हैं। जाने कितनी बार इस ग्रंथ की देशना वे दे चुके, देश-विदेश में। फिर भी पिघल जाते हैं।

आवाज़ और चेहरा ऐसा पारदर्शी कि दूर तक सब दिखता है। उनके भीतर का दृश्य। जैसे मायादेवी का पेट हो, जब सिद्धार्थ उनके गर्भ में थे।

इस आदमी ने अपने भीतर कीचड़ को ठहरने नहीं दिया, हर कोई देख सकता है।

भला हो प्रोफ़ेसर सामतेन का, जिन्होंने यहाँ सारनाथ आने की प्रेरणा दी। कहा, आपको यह मौक़ा गँवाना नहीं चाहिए। सब सम्पन्न करवा दिया उन्होंने सुभीते से, बिना जताए।

और मैं? जैसे कोई स्वप्न में जल पर चल पड़े और आँख खुलने पर देखे कि वह उस पार पहुँच चुका।

'उस पार' यानी परम-पावन के मंच के ठीक पीछे। काँच की दीवारों वाले पूजा-कक्ष में।

ঔ

एक ओर हम बैठे हैं। कोई दस-पन्द्रह लोग। बाहर मैदान के भीड़-धक्कड़ से अछूते, परम-पावन के शब्दों के एकदम पास। संचित कोई कर्म मुझे यहाँ तक ले आया है।

मैं ही बनूँ वैद्य, मैं ही दवा
परिचारक भी मैं बनूँ बीमार इस विश्व का
सबके स्वस्थ होने तक

कुछ अंश इस पाठ के बहुत द्रवित करने वाले हैं। नहीं? वह कहते हैं।

बुदबुदाहट माइक पर भी साफ़ सुनाई पड़ती है। अपनी आवाज़ के द्रवन से अनभिज्ञ वह आगे बढ़ जाते हैं। अपनी प्रिय पुस्तक के पाठ में।

जिन्हें तलाश हो किसी द्वीप की, द्वीप बनूँ उनका मैं
जिन्हें तलाश हो प्रकाश की, बनूँ उनका दीप
जिन्हें चाहिए हो विश्राम, बिछौना बनूँ उनका मैं
दास की जिन्हें चाह हो, बनूँ उनका दास

विलक्षण है यह क्षण। अपने शास्ता को यों देखना। पुस्तक के एकान्त और अनुयायियों की भीड़ में एक साथ। पुस्तक में भीगे, भीड़ से अनभीगे।

कहाँ मिलेगा मुझे इतना चर्म
कि ढक दूँ सारी पृथ्वी को?
ढक लूँ मगर तलवे अगर
सारी पृथ्वी ढकने के बराबर है

ঞ

दूर-दूर से लोग उन्हें सुनने आए हैं। बर्फ़ीले पहाड़ों को पार कर, सीमा-पुलिस की गोलियों से लुकते-छिपते। हर साल अपने रास्ते बदलते ताकि पकड़े न जाएँ। तिब्बत से, दूर मंगोलिया, रशिया, यूरोप, अमेरिका से। भारत से भी।

कुछ बौद्ध, कुछ जिज्ञासु।

जिज्ञासा अच्छी चीज़ है। किसी धर्म के बारे में जानना चाहते हैं, ज़रूर जानें। लेकिन धर्मान्तरण? यह एक नाज़ुक विषय है। इससे जीवन में घनघोर उथल-पुथल हो सकती है। धर्मान्तरण से लाभ की बजाय हानि अधिक हो सकती है। जहाँ तक हो सके, ऐसा नहीं करना चाहिए। हर धर्म में सुन्दर बातें हैं। यहाँ आने का फल यह होना चाहिए कि आप लौटकर अपनी परम्परा का गहन अध्ययन करें, उसका मनन करें।

बार-बार चेता रहे हैं दलाई लामा। फिर लौट जाते हैं, पुस्तक के पाठ में।

क्या अर्थ है उनके होने का? पचास साल पहले हुए उनके पलायन का? भारत में शरण लेने का?

क्या मानी हैं मेरे लिए उन्हें देख पाने का?

तिब्बत में रहे होते वह, तो इतनी निकटता से उन्हें देखने-सुनने का सोच भी नहीं सकते थे।

निपट अकेले ही यदि जाना था मुझे कहीं और
क्या फल मिला इतने मित्र-शत्रु बनाकर?

न आए होते वह यहाँ भारत तो हमें सच्चे और झूठे संत का अन्तर पता न होता। संत का हल्कापन क्या होता है, कैसे वह चल लेता है संसार की आग

और जल पर, इसका अन्दाज़ा न होता। सदियों पुरानी देशना को सिरहाने रख कैसे जी लेता है, इसका साक्षात् न होता।

ऐसा नहीं कि उनसे पहले हमारे यहाँ ऊँचे संत न थे। लेकिन जो थे, वे दुनिया के सामने न आते थे। और जो सामने आते, देर-सबेर उनका कोई खोट उजागर हो जाता।

क्या करना दुख उसके लिए
जिसका कोई उपाय है
क्या करना उसका दुख
जिसका कोई उपाय नहीं

चालीस हज़ार लोग झुके हुए हैं पुस्तक पर।

संघ में इसी तरह मनन करते होंगे? बिना जिये इसी तरह छोड़ते होंगे?

चक्रव्यूह वहीं है, जहाँ व्यक्ति स्वयं एक बार जी कर, भोग कर, पड़ताल करना चाहता है।

ꙮ

रात-रात भर लोग यहाँ बैठे रहते हैं, सर्दी में, टेंटों में, अपनी जगह की रक्षा करते हुए। क्या देखने आते हैं उनमें?

ढाई बरस पहले ल्हासा गई थी, तो हर कोई पूछता था वहाँ, *भारत से आई हैं, आपने उन्हें देखा है?* उन्हें देखा है। जैसे शरण लेने के बाद मेरे गाँव में रहते हों उनके दलाई लामा!

हर साल एक वर्ष और बड़े होते जाते हैं वह। तिब्बतियों का दिल थोड़ा और डूब जाता है। लौट पाएँगे अपने देश-घर, जहाँ से किया था शुरू? क्या होगा उनके बाद?

राम के पीछे चलते-चलते अयोध्यावासी सब डूब मरे थे सरयू में, कहीं वैसा तो न होगा?

भयभीत होने को
कुछ भी नहीं

कहीं भी
सिवाय मेरे मन के

जैसे-जैसे पाठ आगे बढ़ता है, दलाई लामा की देशना में सामाजिक हस्तक्षेप रेखांकित होता जाता है। तिब्बती समाज की कुरीतियों पर वह खुलकर बोलते हैं, क्या नहीं करना है, कैसे नहीं जीना है, शरणार्थी की गरिमा कैसे निभानी है, सब कहते हैं। कंठ से नहीं, फड़फड़ाते अपने हृदय के भीतर से।

धर्मगुरु की ऊँचाई से नहीं, परिवार के बड़े की स्निग्धता से।

ꕥ

रात पढ़ रही हूँ बोधिचर्यावतार अपने होटल के कमरे में। दोहरा रही हूँ पाठ जो आज सुबह पढ़ाया गया था। कल जो अध्याय पढ़ाया जाएगा, उसे भी देख लूँ।

शर को दोष दूँ, कि दूँ इस शरीर को
घाव यह मेरा मुझे किसने दिया है?

बार-बार इस अंश पर क्यों आ ठिठकती हूँ?
कैसे कलेजा बींधने वाले बिम्ब हैं शान्तिदेव के काव्य में।
बिम्ब विचलित करता है कि वह बात, जो उसके पीछे से कही जा रही है?
कहाँ से आता है बिम्ब कविता में?
कल्पना से तो निश्चित नहीं।

असहनीय-सा जो घुमड़ता होगा, कवि-हृदय के प्याले में, उसी में पकता होगा बिम्ब? जैसे फिटकरी आग में जलाओ तो तसवीर निकल आती है।

ꕥ

दीवार पर उभर आए हैं परम-पावन। जैसे सिनेमा के पर्दे पर। टोपी पहने हैं। नीले रंग का गाउन। किसी दीक्षान्त समारोह का वेश? माथे से हल्का-सा छुहा कर हाथ हिलाते हैं। हैलो। कहते नहीं, करते हैं।

मैं सरसरी-सी देखती हूँ और पुस्तक में मुड़ जाती हूँ। शान्तिदेव ने पूरी तरह बाँध रखा है इस समय।

दस मिनट बाद फिर वैसे ही। दीवार पर उभरते हैं, हाथ हिलाते हैं, धुँधले हो जाते हैं।

दूसरी बार मैं किताब रख देती हूँ।

क्या हो रहा है इस कमरे में? इस दीवार पर? यहाँ कोई टीवी सेट नहीं। मेरा सारा ध्यान किताब में था। मैं उनके बारे में सोच भी नहीं रही थी।

क्या कर रहे थे यहाँ मेरे कमरे में?

टहल रही हूँ इधर से उधर। कमरे में ही। अभी-अभी ये मैंने क्या देखा?

आए होंगे। बुद्ध भी इसी तरह जाते थे समस्त जीवों के पास। रात सोने से पहले, दिव्य-चक्षुओं से देखने सबको। क्या पता, परम-पावन भी ऐसा कुछ करते हों।

मैं लेट गई हूँ जाकर। सो गई हूँ।

कोई हलचल नहीं।

दिल एकदम शान्त।

ଔ

सुबह आठ बजे ग़ैर-तिब्बतियों को समय दिया गया है दर्शन का। देशना से पहले। आधे घंटे का समय। क़रीब तीन सौ विदेशी बग़ीचे में जमा हैं। दलाई लामा फिर चेता रहे हैं। धर्मान्तरण एक नाज़ुक विषय है। लाभ की बजाय इसमें मन को हानि की सम्भावना अधिक रहती है। कोई भी निर्णय लेने से पहले आप इस पर सावधानी से विचार करें।

भीड़ से दूर, सबके पीछे, सबसे दूर खड़ी हूँ मैं। देख रही हूँ वहीं से सब। किसी को नहीं मालूम, कल रात क्या हुआ था मेरे कमरे की दीवार पर।

सुन्दर, ख़ुशनुमा सुबह है यह। कैसे ताज़ा फूल खिले हैं चारों तरफ़ तिब्बती संस्थान में।

मैं नहीं देख रही उन्हें, सिर्फ़ सुन रही हूँ। माइक से आती उनकी आवाज़ को। देख फूलों को रही हूँ, सड़क को, पुराने पेड़ों को।

टप्प। अचानक टप्प से एक गोला गिरता है, उछलता है। अदृश्य। फिर दूसरी बार। दूसरी बार मैं ध्यान से देखती हूँ। कहाँ से आया था वह गोला?

दिल है कि गेंद है रक्त और मांस की? सीने से बाहर एक टप्पा घास पर। दूसरा टप्पा नहीं। गेंद वापस फिर सीने में। भीतर। हड्डियों के नीचे।

क्या हो रहा है यह? बहुत दूर खड़े हैं वह। सभा समाप्त कर रहे हैं। उन्हीं के कारण टप्प हो रहा था दिल का गोला?

समय हो गया। चलें देशना के लिए। भीड़ बढ़ जाएगी।

कई दिनों से आपको दूर-दूर से देख रहा हूँ। परिचय नहीं है आपसे।

बॉब थर्मन मन्दिर की सीढ़ियों में मिल गए हैं।

जी, मैं लेकिन आपके बारे में जानती हूँ। फिर अपना नाम बताती हूँ।

सुनकर कहते हैं, *वॉट ए नेम,* एकदम बौद्ध। *किसने रखा था?*

मेरे पिता ने। रखा तो गगनंतर था, मैंने छोटा कर दिया, स्कूल में मैडम बोल नहीं पाती थीं।

वह तो और भी बौद्ध नाम है, गगनंतर। कुछ सोचकर आँखें चमकने लगती हैं उनकी।

मालूम है, यह आकाश में रहने वाली देवियों को कहते हैं? डाकिनियाँ। *जैसे प्रज्ञापारमिता आकाश में रहती हैं।*

मेरे पिता तो गगन नाम से बहुत अप्रसन्न थे। कहते थे, ये भी कोई नाम है। गगन यानी शून्य। सारा जीवन अकेली रहोगी।

हाँ शून्य, लेकिन हर बौद्ध जिसे चरम उपलब्धि मानता है। *क्या करते थे आपके पिता?*

वेदों के विद्वान थे।

भाग्यशाली हैं आप।

सीढ़ियाँ चढ़ते-चढ़ते उन्हें कल रात के बारे में बताती हूँ। जैसे वही हैं, जो सुन सकते हैं वैसा रहस्य।

दीवार के बारे में। दलाई लामा के हिलते हाथ के बारे में। *आपके साथ कभी हुआ है ऐसा?*

नहीं, कभी नहीं।

देखते हैं मुझे ठिठककर।

इतने बरसों से परम-पावन के साथ हूँ, कभी नहीं हुआ ऐसा। आशीर्वाद है ये गगन, बहुत कम होता है ऐसा। वेरी रेअर।

सटा लेते हैं मुझे अपने से। वहीं मन्दिर में।

थोड़ी-सी तुम्हारी ब्लेसिंग मैं अपने पर मल लूँ?

ೞ

पक गया है फल। मिट गया है घाव। घुल रहा है टाँका।

आप भी क्या बौद्ध हैं?

डाइनिंग हॉल में मेरे साथ बैठी विदेशी महिला पूछती हैं। इस्टोनिया से आई हैं। मध्यवय, स्थूल काया। वहाँ सरकार में मंत्री आदि कुछ हैं। जहाँ भी परम-पावन बोलते हैं, वे जाती हैं।

अचकचा गई हूँ उनके प्रश्न से।

कौन हूँ मैं? हिन्दू? सिख? बौद्ध?

पिता होते तो उनसे पूछती, कौन हूँ मैं?

वह उलट-पलट के जाँच करके एकदम सही-सही बता देते—मेरे विचार से ये है तू।

कौन हूँ मैं?

सन्न होकर बैठ गई हूँ। साधारण से सवाल का जवाब नहीं मेरे पास?

कंठ रुँध गया है। सिर्फ़ दीवार दिख रही है सामने। कल रात वाली दीवार। और एक हाथ हिलता हुआ।

इतने दिन से यहाँ देशना सुन रही हूँ। चालीस हज़ार लोगों के बीच बैठी हूँ और ये भी नहीं मालूम, कौन हूँ मैं? रोने लग गई हूँ। भोजन छोड़ सब देख रहे हैं मुझको।

गुम गई हूँ मेले में। मुझे मालूम नहीं, कौन हूँ मैं। बच्ची ही तो हूँ। *दारजी...* पुकारती हूँ मृत पिता को। कहाँ चले गए सब?

वह महिला मेरा हाथ छूती हैं हल्के से। जैसे कहती हों—पिता का नाम मालूम नहीं? कोई बात नहीं, हम तुम्हें पहुँचा देंगे घर! डरो नहीं।

हिचकियाँ बन्द होती हैं, तो सुनती हूँ, स्वयं को कहते हुए—*मुझे लगता है, कल रात मैं बौद्ध हो गई।*

ଓ

नालन्दा में रचा गया था बोधिचर्यावतार। आठवीं सदी में।

उसके रचयिता शान्तिदेव, कहते हैं, बहुत आलसी, चुप्पा से भिक्षु थे। अपनी कोठरी में वे क्या किया करते हैं, साधना आदि में कुछ गति-प्रगति हुई कि नहीं, इसकी जिज्ञासा में कुछ चंचल भिक्षु-विद्यार्थियों ने एक दिन उन्हें जबरन मंच पर बैठा दिया, मुख्य सभागार में, कि वे कुछ कहें।

विश्वविद्यालय में परीक्षा का दिन था। निठल्लों की छँटनी का।

एक जागा स्वप्न से, सौ वर्ष सुख भोगने के बाद
दूसरा जागा स्वप्न से, क्षण भर सुख भोग कर
लौटा नहीं कभी उनका सुख
जाग गए दोनों जब

नौ सौ छन्द, संस्कृत में आशु रचित, बोधिचर्यावतार के दस अध्यायों में निबद्ध, उस दिन शान्तिदेव ने सुनाए। भरे सभागार में। भाव-विगलित कर देने वाली अपनी तपश्चर्या का परिचय देते हुए।

अपने जीवन में उन्होंने कोई तीन दृश्य नहीं देखे थे। किसी आघात में नहीं छोड़ा था अपना घर। जिज्ञासा में सौराष्ट्र से चलकर नालन्दा आए थे, अध्ययन करने।

जैसे उन दिनों हज़ारों मुनि विश्व के दूर-दूर कोनों से आते थे। एक सत्र में दस हज़ार भिक्षु पढ़ते थे नालन्दा में। अपने समय का सबसे बड़ा विश्वविद्यालय, ऑक्सफ़ोर्ड-हार्वर्ड से कई गुना बड़ा।

जैसे हाथ बढ़ जाता है तुरन्त घायल पाँव को सहलाने
बिना चोटिल होते भी
वैसे मैं बढ़ूँ आगे
जिन्हें चाहिए हो सान्त्वना

अपनी भिक्षु-कोठरी में बैठे-बैठे भीतर के कालेपन से साक्षात् करते होंगे शान्तिदेव।

जैसे अन्धकार में चमक जाए बिजली
पा लिया एक दिन मैंने बुद्ध को

कहते हैं, उस दिन जैसे-जैसे वे वृत्तान्त में बढ़ते गए, नवें अध्याय तक पहुँचे थे, कि उनका शरीर धरती से ऊपर उठने लगा। दसवें अध्याय के अन्त तक आते-आते वह आकाश में अन्तर्धान हो गए। कुछ कहते हैं, बाद में वे कहीं गुप्त-ध्यानी रहते हुए पाए गए।

अब वही तपश्चर्या-वृत्तान्त पढ़ रहे हैं हम।

बारह-सौ वर्ष पहले जो कहा था, एक तरुण-भिक्षु ने, नालन्दा के सभागार में उस दिन।

ꕥ

किसी दूसरे के देखे तीन दृश्यों से दुनिया नहीं छूटती।

अपने स्वयं के देखे दृश्यों के कारण ही मुक्ति मिलती है। तीन हों दृश्य या तीस। पालकी से दिखें या अपने भीतर की कोठरी में।

कितनी भी कड़ी हो, धीरे-धीरे मुट्ठी खुल जाती है। आसक्तमना हिन्दू की हो या किसी और की।

ꙮ

कल अन्तिम दिन है। तारा अभिषेक होगा।

अभिषेक यानी गुरु से विधि अनुसार मंत्र मिलेगा। उनके कंठ से हमारे कंठ में। पहले वह उच्चारण करेंगे, फिर हम। चिड़िया की चोंच से जैसे चूजे के मुख में जाता है अन्न। मंत्र हमारे भीतर आ जाएगा। अपने गुरु से सदा के लिए बँध जाएँगे हम। फिर जब भी करेंगे जप, गुरु की ब्रह्मांडीय-शक्ति से सीधे सम्पर्क हो जाएगा। यही तंत्र है, मंत्र भी यही।

लेकिन मिलेगा उन्हीं को, जो बौद्ध हैं। शरण में जाने को तैयार हो?

कोई दुविधा नहीं। यहीं आना था मुझे। बत्तीस बरस से यहीं के लिए तो निकली हुई थी।

जो लोग आज दीक्षा ले रहे हैं, वे एक बार फिर ध्यान से सोच लें। यह जीवन बदल देने वाला क़दम है। सही न बैठा तो बहुत दुख दे सकता है। घनघोर उथल-पुथल मचा सकता है।

कैसी सुन्दर उजली सुबह है आज। 15 जनवरी, 2011 का दिन।

सबसे पहले आपको पाँच प्रतिज्ञाएँ करनी होंगी। झूठ नहीं बोलूँगा, चोरी नहीं करूँगा, व्यभिचार नहीं करूँगा, नशा नहीं करूँगा, जीव-हत्या नहीं करूँगा।

कृपया इस समय अपने मन पर ध्यान दें। ठीक से समझ लें क्या करने जा रहे हैं। प्रतिज्ञा वही करें जो आप जीवन-पर्यन्त निभा सकते हों। ज़रूरी नहीं आप पाँचों प्रण लें। जो नहीं निभा सकते, उसे छोड़ दें। पर ध्यान रहे, एक बार जिसका प्रण ले लिया, वह आपको प्राण-पण से निभाना है। मैं आपसे अलग-अलग नहीं पूछूँगा। अपने मन में फ़ैसला करें, आप क्या निभा पाएँगे। ध्यान रहे, यह बहुत निर्णायक क्षण है आपके जीवन का।

दलाई लामा कह रहे हैं।

निभ जाएँगी मुझसे प्रतिज्ञाएँ?

चल पड़ी हूँ पुल पर। जा रही हूँ दूसरी तरफ़।

अब हम त्रिशरण लेंगे। आधी टाँग पर खड़े होकर।

तुम्हारी शरण में आती हूँ, बुद्ध।

तुम्हारी शरण में आती हूँ, संघ।

तुम्हारी शरण में आती हूँ, धर्म।

आज के बाद आप कहीं और सिर नहीं झुकाएँगे। अब बुद्ध की शरण में आ गए हैं आप।

ꕥ

यह क्या कह दिया परम-पावन ने? आज के बाद आप कहीं और सिर नहीं झुकाएँगे?

आसान-आसान शर्तें बताईं, यह सबसे मुश्किल शर्त नहीं बताई समय रहते।

पैरों के नीचे से ज़मीन निकल गई है।

क्या मैंने धोखा दिया, अपने पुरखों को धोखा दिया?

कहीं और सिर नहीं झुकाएँगे?

दूर चले गए हैं सब। मेरे देव, मेरे देवता, कुल देवता। एक भी नहीं मेरे पास। जिनकी शरण में गई थी, वे भी नहीं।

कोई भी नहीं अब मैं? कोई भी नहीं। कोई भी नहीं।

न हिन्दू? न सिख? न बौद्ध?

सिर्फ़ कुत्ता हूँ एक, अदृश्य किसी सत्ता का?

ꕥ

बीमार होकर लौटी हूँ अकेले घर में। एक-सौ-तीन बुख़ार में।

क्या होने गई थी, क्या होकर आ गई।

कोई पुकार इस कंठ से नहीं निकलती। सब दूर खड़े देख रहे हैं मुझे। कमरे के आसमान में घमासान चल रहा है। मुझे लेकर खींचतान हो रही है?

किसकी गोद में जाऊँ? किसकी हूँ मैं? तारा की? शिव की? बुद्ध की? गायत्री की?

अब नहीं कहूँगी, मुझे चीज़ें दिखती हैं। ख़त्म करवाओ ये झगड़ा, प्रभु।
कौन से प्रभु? हिन्दू? सिख? कि बौद्ध?
मैंने धोखा दिया। सबको धोखा दिया। अब कोई नहीं मेरे पास।
कुत्ते खाएँगे मेरा शव। दरवाज़ा तोड़कर निकालेंगे मुझे।

☙

बुख़ार में तपती हुई पहुँच गई हूँ डॉ. गोविन्दचन्द्र पांडे के पास। अब वही हैं, जिनके पास जा सकती हूँ इस संकट में।

अभी बीस घंटे हुए हैं केवल, दिल्ली लौटे हुए।

सब कहती हूँ उनसे। शुरू से आख़िर तक। सच-सच। बिना संकोच।

कैसे तारा दिखती थीं और मैं डरती थी। क्या-क्या देखती थी। कैसे एक रात सारनाथ में मेरे कमरे की दीवार पर परम-पावन आए और अगले दिन मुझे लगा, बौद्ध हो गई हूँ मैं। तब मुझे पता भी नहीं था कि तीन दिन बाद तारा-मंत्र लेने के लिए सचमुच पहले दीक्षा लेनी होगी। मैं दीक्षा से पहले ही बौद्ध हो गई थी...

रोये जा रही हूँ।

इतना रोना मेरे भीतर है, मुझे इसका अनुमान न था, पांडे जी।

वह आपको लेने आए थे।

धीमी आवाज़ में कहते हैं पांडे जी। दलाई लामा के लिए।

लेकिन मैं उनके बारे में सोच भी नहीं रही थी। अच्छे लगते थे मुझे, पर 'मेरे' हैं, ऐसा कभी नहीं लगा था।

तारा से तो जुड़ाव है न आपका? इसी से वह आए थे।

इतना दुख हो सकता है दीक्षा में? मैं सोचती थी, शरण लूँगी और एक उजली जगह पहुँच जाऊँगी।

दीक्षा आपकी ठीक हुई है। ये जिस दुख, जिस बाढ़ में से निकल रही हैं आप, यही बताता है कि दीक्षा आपकी सही हुई है।

पर यह जो उन्होंने कहा, आज के बाद आप कहीं और सिर नहीं झुकाएँगे?

सिर न झुकाना यानी सदा अपनी प्रज्ञा की शरण में रहना। आप बुद्ध की शरण में गई हैं। कार्य-कारण प्रज्ञा को मानते हैं बौद्ध, ईश्वर को नहीं। इसी से उन्होंने ऐसा कहा।

और मेरा जप? मेरे देव?

थोड़ा-बहुत जप सकती हैं शिव और गायत्री लेकिन अब बुद्ध आपके परम देव हुए। यह आपके पूर्व-जन्म का फल है। इसे स्वीकार करिए। बिना दुविधा के।

चुप हो गए हैं। कुछ सोच रहे हैं, टटोल रहे हैं।

इतनी लम्बी साधना मैंने की, जीवन भर, एक बार भी ऐसा कुछ नहीं हुआ, जो आपके साथ हुआ है...

आवाज़ धीमी हो आई है।

यह प्रसाद है, जाने कितने जन्मों के बाद यह पकता है। इसे ग्रहण करिए। अब आप बुद्ध की हो गईं।

ए

लौट आती हूँ मैं। कई सप्ताह चुप बैठी रहती हूँ। भूल गई हूँ सब जप। देखें तो, कौन देव मेरी सुध लेता है।

धुर कुएँ में से उठती थी एक पुकार।

उसके पीछे-पीछे जाती थी मैं। मेरे पीछे-पीछे चले आए मेरे गड्ढे। खाइयाँ। काँच।

अब?

चल लूँगी मैं?

आग और पानी पर साथ-साथ?

[सितम्बर, 2011]

रिनपोछे

रिनपोछे से मेरा मिलना किन्हीं अदृश्य सीढ़ियों पर हुआ होगा, यह कल्पना करना मुझे अच्छा लगता है।

वह नीचे आ रहे थे, मैं ऊपर जा रही थी।

एक साधारण व्यक्ति जब किसी बोधिसत्व से मिलता है, उसे ऐसा ही जान पड़ता है। वह अपनी जिज्ञासा में ऊपर जा रहा होता है, बोधिसत्व किसी परम सत्य का साक्षात् करके नीचे आ रहा होता है।

हम सब अपने-अपने बुद्धत्व की ओर अग्रसर हैं, बौद्ध ऐसा मानते हैं।

ɞ

मैंने रिनपोछे को जो भी जाना है, अपनी भावना से जाना है और बौद्ध धर्म को भी। शब्दों के लगभग अभाव में। दोनों को अलग-अलग समय पर। बौद्ध धर्म को अलग, रिनपोछे को अलग।

रिनपोछे तत्त्व ज्ञानी हैं और गुप्त साधक। यदि आप उनकी आध्यात्मिक तपश्चर्या के बारे में अपने अनुमान को उनसे छिपा सकें, बरसों छिपा सकें, उनसे ऐसे व्यवहार कर सकें जैसे वह कोई साधारण मनुष्य हैं, तो किसी दिन आप उन्हें अपना मित्र कह सकते हैं। उन्हें बस तसल्ली होनी चाहिए, आप उनके रहस्य छेड़ेंगे नहीं। आप देख सकते हैं, मैंने यह किया होगा।

मुझे सबसे अधिक असमंजस यह है कि जो भी मुझे कहना है, रिनपोछे की उपस्थिति में कहना है। किसी पर हम कितनी श्रद्धा करते हैं, कितना प्रेम, यदि यह शब्दों में कहना पड़े और वह भी सार्वजनिक होकर, तो अत्यन्त संकोच की स्थिति है।

भाग्य ने आज यह अद्वितीय संयोग मुझे दिया है। काश मैं अपने जीवन में आए सब ऋषियों को बता पाती, वे मेरे लिए क्या थे। दयाकृष्ण, गोविन्दचन्द्र पांडे, प्रोफ़ेसर सरन। आज वे सब नहीं हैं, केवल उनका तीखा अभाव है। मुझे इस सुअवसर पर अपनी कृतज्ञता कहनी चाहिए। जो संयोग मेरे जीवन में केवल रिनपोछे के कारण घटे, उनका उल्लेख करना चाहिए। संकोच छोड़ कृतज्ञता स्वीकरण की ओर आना चाहिए।

രു

रिनपोछे से अपने परिचय को मैं तीन हिस्सों में देख सकती हूँ। 1989 से 1997 का काल, जब मैं उन्हें केवल निर्मल की पत्नी के नाते जानती थी, 1997 से 2005 का काल, जब मेरा उनसे सीधा साक्षात्कार हुआ और मेरी दुनिया बदल गई, 2005 से अब तक, जिसमें निर्मल नहीं रहे, मैंने कैलाश-मानसरोवर और तिब्बत सहित कई बौद्ध देशों की यात्राएँ कीं और अन्ततः 2011 की 15 जनवरी को सारनाथ में दलाई लामा के हाथों बौद्ध हुई।

इन सब वर्षों में मैं रिनपोछे के लिए क्या थी? हिन्दू? सिख? एक अशान्त संशय आत्मा?

उनके-मेरे संवाद में दैव उपस्थित तो था, लेकिन अकथनीय रूप से। अधिकतर हमारा संवाद एक धर्मनिरपेक्ष भूमि पर होता रहा, संसार की विचित्रता पर केन्द्रित।

अपनी ओर से उन्होंने न कभी बुद्ध की बात की, न बौद्ध धर्म की। यद्यपि तथागत का अद्वितीय आलोक वहाँ सदा बना रहा।

जैसा मैंने कहा, अपने जीवन में मैंने बुद्ध और उनके मार्ग को जो भी जाना, अपनी भावना से जाना, पूर्वजन्म के संस्कार से जाना। मुझे यदि किसी ने बुलाया,

बार-बार बुलाया, तो तथागत ने। यह भी हो सकता है कि जिस कुएँ में मैं अक्सर होती थी, वहाँ मुझे अपनी ही आवाज़ तथागत की पुकार सुनाई पड़ती हो।

☙

रिनपोछे को मेरी दीक्षा का तीन महीने बाद पता चला। उन्हें हैरानी हुई। फिर नहीं भी हुई।

सच तो यह है कि उस सुबह, तीन बरस पहले, जब मैं सारनाथ में हज़ारों लोगों के बीच बैठी हुई थी, *दलाई लामा हमें बार-बार चेता रहे थे, आप अच्छी तरह विचार कर लें, धर्म-परिवर्तन से मन में बहुत धुंध आ सकती है।*

वह धुंध इतनी तुरन्त मेरे मन में भर जाएगी, इसका कोई पूर्वानुमान मुझे न था। जैसे एक ओर देवता छिपे बैठे थे, दूसरी ओर दुरात्माएँ।

किसकी शरण में हम जाते हैं? किसे छोड़कर हम जाते हैं?

कितने देवकुल हमें घेरे रहते हैं। विशेषकर एक भारतीय मानस का अदृश्य समुदाय।

एक साथ यदि बहुत-सी चीज़ें आपको बुलाने लगें, तो आप घिर सकते हैं। इतना सारा प्रकाश और ऐसी घनी धुंध?

☙

तब मालूम नहीं था, ऐसे कोई देव नहीं होते, कोई गुरु नहीं, जिन पर आपने एक बार आस्था की, तो वह आपको त्याग दें। इसका मर्म मुझे बाद में पता चला, जब मैं दूसरी ओर पहुँच गई।

क्या होता यदि श्रद्धेय गोविन्दचन्द्र पांडे न होते? यदि मैं रिनपोछे से न कह पाती अपने सन्ताप की बात?

कैसे कटती मेरी आत्मा की वह अँधेरी रात?

ᨖ

वह मेरे जीवन का पहला अवसर था, एक spiritual crisis, जब मैंने रिनपोछे को आध्यात्मिक सहायता के लिए पुकारा। वह मेरी समस्या इतनी आसानी से सुलझा देंगे, बिना धर्मों के द्वैत में उलझे जबकि मैं गले में फाँस लगाकर बैठी थी, मैं विस्मित रह गई। मात्र एक कथन उनका और मैंने आस्था का सारतत्त्व समझ लिया!

तब मुझे पहली बार लगा, सत्य लोक को जाने बिना यह नहीं हो सकता था, वह ज़रूर अपनी साधना में उस लोक तक गए हैं, अद्वैत तक।

अनजाने उनके जीवन के एक गूढ़ रहस्य की झलक मैंने देख ली।

ᨖ

तब क्या अपने को ओझल बनाए रखने के लिए ही मेरे जैसे मूढ़ मति लोगों के मित्र रहे थे अब तक? क्या देखते होंगे हममें? जैसे हमें असाधारण लोग करते हैं, उन्हें साधारण लोग आकर्षित करते होंगे?

मुझे उनसे डर लगा, कई दिनों तक लगता रहा, जैसे अर्जुन को लगा होगा, श्रीकृष्ण के मुख में सारे ब्रह्मांड को बनते-बिगड़ते देखकर।

अपनी आस्था और संशय का रास्ता अकेले पार करना होता है, बाहर भी भीतर भी।

रिनपोछे अच्छी तरह जानते होंगे, इसी से इतने सब वर्ष मुझे धीरे-धीरे कीचड़ पार करते देखते रहे। चुपचाप।

ᨖ

मैं रिनपोछे को आज भी नहीं जानती। उन्हें उतना ही जानती हूँ, जितना एक अन्धा व्यक्ति एक हाथी को, या अपने हृदय के प्रकाश को।

सच तो यह है, मैंने रिनपोछे को इतने वर्षों में कभी ठीक से देखा भी नहीं।

उनमें एक अद्भुत ऊर्जा-पुंज है। उन्हें एकटक देखने की ताब मुझमें नहीं है। उनसे जल्दी-जल्दी मिलने की भी नहीं। साल में दो-एक बार बात हो जाए, कहीं मिलना हो जाए, काफ़ी है।

लेकिन महापुरुषों के कुछ चिह्न मैंने उनकी काया पर चुपके-चुपके देखे हैं।

मैंने उनका हाथ देखा है, अजन्ता के किसी चित्र की तरह सुन्दर हाथ। उनकी लम्बी उँगलियाँ, कनिका का नाख़ून जिसे वह बढ़ाकर रखते हैं, *ढक्कन खोलने के लिए इसका इस्तेमाल कर सकते हैं,* उन्होंने बताया था।

उनके पैर धोए हैं, पोंछे हैं, मेरे घर को उनका आशीर्वाद मिला है।

उन्हें प्रार्थना करते हुए, हवा में चावल बिखेरते हुए, नंगे पाँव अपने घर में चलते हुए देखा है।

मैंने उनकी उपस्थिति का तेज़ देखा है।

और जब वह उस स्थान से दूर चले जाते हैं, तो पीछे छूटे उनके तेजस्व की लकीर भी।

मेरा सौभाग्य है, वह बरसों से मेरे मित्र हैं, मेरे अघोषित गुरु, मेरे रिनपोछे।

My Precious One, जैसा तिब्बती लोग मानते हैं।

क्या इन्होंने सब ऋण पोंछ दिये हैं? मैंने कृष्णनाथ जी से पूछा था।

हम रिनपोछे की बुलाई कॉन्फ्रेंस में जा रहे थे, सारनाथ में।

मैंने समझा, हमारे यहाँ जो चार ऋण माने गए हैं, देव, पितर, गुरु आदि, शायद उससे इस शब्द 'रिनपोछे' का कोई सम्बन्ध होता हो। चार ऋण पोंछकर ही कोई भिक्षु बन सकता हो!

नहीं-नहीं, ये अवतारी लामा हैं, जैसे दलाई लामा, इन्हें बचपन में पहचान लिया गया था, इनके शरीर के शुभ लक्षण देखकर। इन्हें अपना पूर्वजन्म याद था।

मुझे बड़ा रोमांच हुआ। मुझे लगा, आज ज़रूर कॉन्फ्रेंस में रिनपोछे की बग़ल में कोई छिपा हुआ पंख दिखेगा, देवदूतों वाला।

इससे पहले कि मेरी कल्पना और उड़ान भरती, कृष्णनाथ जी बोले, *हमने धर्मशाला में कई बाल रिनपोछों को पिटते हुए देखा है, गुरु के हाथों।*

कृष्णनाथ जी की यह ख़ूबी थी, वह जैसे ही किसी की कल्पना को अतिरेकी सक्रियता में देखते, तुरन्त अड़ंगा लगा देते।

सो रिनपोछे मेरी कल्पना में अतिमानव बनते-बनते रह गए, इस कथन के कारण।

रिनपोछे में 'जी' नहीं लगता, यह भी शुरू में फ्रांसीन ने बताया था, दया जी की पत्नी ने। रिनपोछे शब्द में पहले से 'जी' निहित है, रिनपोछे जी कहना यानी पूज्य जी या ऐसा ही कुछ कहना।

मुझे फ्रांसीन की बात याद रहती है तो मैं रिनपोछे कहती हूँ, भूल जाती हूँ तो रिनपोछे 'जी'!

रिनपोछे ख़ुद भी का/की में बहुत गड़बड़ करते हैं, पकौड़े को 'पकोरे' कहते हैं, शायद ध्यान न देते हों!

ɞ

रिनपोछे को पहले-पहल मैंने 1989 में देखा था, पृथ्वी पर नहीं, निर्मल की आँखों की चमक में।

वह शिमला में हुई वत्सल निधि की बैठक से लौटे थे।

तुम नहीं जानतीं, तिब्बत के हालात कितने भयावह हैं—उन्होंने बताया था।

वह रिनपोछे के भिक्षु व्यक्तित्व से पूरी तरह अभिभूत थे, मैं चकित और उत्सुक।

रिनपोछे बौद्ध विद्वान हैं, सारनाथ के तिब्बती संस्थान में पढ़ाते हैं, उन्हें इतना ही मालूम था। वह वहाँ प्रमुख हैं, रिनपोछे ने नहीं बताया था। यह हमें सात साल बाद पता चला, 1997 में, जब हम वहाँ प्रोफ़ेसर सरन पर विचार-गोष्ठी के लिए पहुँचे। बल्कि तब भी मुझे लगा, जो प्रमुख हैं, वह अभी आते होंगे!

रिनपोछे वहाँ संस्थान ही नहीं, धर्मशाला स्थित निर्वासित तिब्बती संसद के

अध्यक्ष भी निकले, जबकि इस बीच हम उनके कितने ही तिब्बती कार्यक्रमों में जा चुके थे। केवल एक 'सादे भिक्षु' के कहने पर। न उन्होंने अपने बारे में हमें कुछ बताया था, न हमने पूछा था।

ৎ

इनमें बुद्ध जयन्ती पार्क में भगवान बुद्ध की मूर्ति स्थापना का समय—अक्टूबर 1993—याद है। वहाँ पहली बार मैंने किसी भिक्षु का पीला चीवर देखा था, दलाई लामा उसे पहने हुए थे।

आज, इतने बरसों बाद, मुझे रिनपोछे का दमकता चेहरा याद है, उनका चीवर क्यों नहीं? चीवर दलाई लामा का याद है! उनकी मुख-कान्ति ने बाक़ी सब अँधियारा कर दिया होगा।

ৎ

उन्हें देखने की दूसरी स्मृति दलाई लामा के साठ बरस का होने पर अशोक होटल में एक बड़ी-सी कॉन्फ्रेंस की है, 1994 में। इतने सारे चीवरों के बीच बस ये दो ही चेहरे। कभी धरती, कभी आकाश में।

वहीं मैंने पहली बार तिब्बत सम्बन्धित फ़ोटो प्रदर्शनी देखी थी, पत्रकार मित्र विजय क्रान्ति की।

तिब्बत के दुख का चेहरा मैं देख चुकी थी। 1990 के मेरे संडे ऑब्ज़र्वर साहित्य-सम्पादन के दिनों में कुछ तिब्बती लड़कियाँ एक शरणार्थी भिक्षुणी लिये-लिये मेरे दफ़्तर आई थीं, चीन से भागी हुई, चीनी सैनिकों की वहशत की शिकार एक युवा भिक्षुणी।

वहीं दफ़्तर के एक कोने में बैठकर मैंने उसका इंटरव्यू किया। पूरा एक पृष्ठ तिब्बत की पीड़ा पर लिखा। पीड़ा में जमा उस भिक्षुणी का चेहरा, जिसे हमने अख़बार में छापा था, आज भी वैसा दिखता है, स्मृति में, उतना ही स्पष्ट।

तिब्बत कहाँ है?

ઉ

ऐसी अशान्ति और हाहाकार के बीच ये दो चेहरे, इतने शान्त, इतने उजले।

यह उनके आन्तरिक साधनामय जीवन की आभा थी?

तब तक न तिब्बत प्रचलन में था, न लामा लोग, न बौद्ध धर्म, हालाँकि दलाई लामा को नोबल शान्ति पुरस्कार मिले कुछ वर्ष हो चुके थे।

आज जो चारों ओर तिब्बत और दलाई लामा के नाम की बाढ़ है, इसके पीछे उन दिनों की रिनपोछे और उनके साथियों की कितनी मूक मेहनत है, इसका अनुमान कुछ पुराने लोगों को हो, तो हो।

उन सात वर्षों में रिनपोछे से मेरी नमस्कार के अलावा कोई बात नहीं हुई हालाँकि मैं उनका गेरुआ चीवर बड़े ध्यान से देखा करती थी।

ઉ

उन आरम्भिक वर्षों में रिनपोछे की पीठ पीछे हमारी-उनकी मित्र-मंडली में—जिसमें दयाकृष्ण, फ्रांसीन कृष्ण, गोविन्दचन्द्र पांडे, सुधा जी, मुकुन्द लाठ, इला जी, निर्मल, मैं थे—कुछ इस तरह उनकी बातें होतीं—

आपको कभी कोई दैवी शक्ति दिखी है रिनपोछे में? आपको मालूम है, रिनपोछे ने कैसा अभूतपूर्व काम किया है तिब्बतियों की शिक्षा प्रणाली तय करने में? कुछ वर्षों में जब नतीजे सामने आएँगे तब सबको पता चलेगा।

कभी स्त्रियों की सखी बने बैठे निर्मल हमसे पूछते, *सुन्दर कौन है ज़्यादा, रिनपोछे कि दलाई लामा?*

रिनपोछे अपने घुटे सिर में गन्धार बुद्ध प्रतिमा जैसे दिखते, उनके तीखे सुघड़ नक़्श हमें बहुत भाते। दलाई लामा का बाल-सुलभ चेहरा गोल-मटोल और प्यारा।

तिस पर फ्रांसीन कहतीं, *काश आप लोगों ने दस बरस पहले रिनपोछे को देखा होता!*

हमें वह उन दिनों ही चौंधियाते थे, दस साल पहले क्या करते होंगे।

अब रिनपोछे कभी ताज़ा लगते हैं, कभी थके हुए। दलाई लामा हमेशा ताज़ा।

कभी लगता है, परम-पावन को संसार के थपेड़ों से बचाने में रिनपोछे जैसे उनके अपने लोगों का जो त्याग और एकनिष्ठा है, क्या इतिहास इसकी बात करेगा?

᪥

उन बरसों में कभी-कभी रिनपोछे निर्मल को फ़ोन करते, किसी सभा-संगोष्ठी में बुलाने के लिए, तो मेरा हाल भी पूछ लेते। निर्मल से पता चलता तो मैं ख़ुश हो जाती।

निर्मल पहले भी तिब्बत समस्या पर अपनी बात कहते थे, रिनपोछे से मिलने के बाद वह और मुखर हो गए। तिब्बत और कश्मीरी पंडितों की समस्या उनके दिल के निकट थी। मेरा कार्यक्षेत्र साहित्य-सम्पादन था। मैं प्राय: किसी न किसी न्योते पर विदेश यात्रा में होती। उन्हीं दिनों नीमेन पत्रकार फ़ेलोशिप पर एक साल 1992-93 में हम हार्वर्ड भी रह आए थे।

रिनपोछे निर्मल के दिल में कितना बसे हुए थे, यह मुझे बाद में पता चला, जब निर्मल की डायरियों की किताब 'धुंध से उठती धुन' छपी।

2 अप्रैल, 1993 को, अपने जन्मदिन की पूर्व संध्या पर निर्मल ने हार्वर्ड में रहते हुए यह लिखा था—

रिनपोछे का तपस्वी चेहरा—कितना उज्ज्वल, कितना उदास। क्या भविष्य में तिब्बती यहाँ ऐसे ही होंगे?

जो निर्मल ने नहीं छपाया था लेकिन डायरी में दर्ज था, वह था—*आने वाले वर्षों में स्वस्थ रहने की कई तरह की प्रतिज्ञाएँ, योग, रिनपोछे का ध्यान।*

बाद के वर्षों में जब मैं भी रिनपोछे की भक्तिन हो गई, तो कभी-कभी निर्मल हँसकर कहते, *यह मत भूलना, मैंने ही तुम्हें उनसे मिलवाया था।*

इसे कौन भूल सकता था!

ᜃ

26 जनवरी, 1997 की शाम क़रीब आठ बजे मेरा जीवन बदल गया।

सूरजकुंड के राजहंस होटल में राजीव वोरा ने स्वाध्याय परिवार की एक विमर्श-सभा रखी थी। दादाजी पांडुरंग आठवले आए हुए थे।

स्वाध्याय वाले उन दिनों गुजरात में बहुत बड़ा काम कर रहे थे, गाँव-गाँव में सौहार्द सभाएँ बनी थीं। हिन्दू-मुस्लिम मिलकर अपने हल स्वयं निकालते। पांडुरंग जी भगवद्गीता के उपदेश देते थे। उनके सम्मेलनों में लाखों लोग शामिल होते।

गांधी के गुजरात में कैसी वैचारिक-सामाजिक क्रान्ति हो रही है चुपचाप, यह देखने राजीव वोरा ने दो-तीन बार निर्मल को स्वाध्याय की रैलियों में बुलाया था। एकाध बार रिनपोछे भी उन्हें वहाँ मिले। निर्मल इस काम से बहुत प्रभावित थे। अब स्वाध्याय वाले हरियाणा में कुछ गाँवों को गोद लेकर यही काम करना चाहते थे।

ᜃ

उस शाम इसी विमर्श के लिए बुलावा था। दया जी, फ्रांसीन, रिनपोछे, निर्मल, मैं, कोई पन्द्रह-बीस लोग वहाँ थे। डाइनिंग हॉल में।

अचानक मुझे झटका लगा। पीछे मुड़ी तो वहाँ कोई नहीं। दूर देखा, तो एक ओर रिनपोछे अपनी प्लेट लिये बैठे थे।

प्रकाश की एक सुरंग मैंने देखी, अपने-उनके ऊपर से पीछे को जाती हुई। जैसे टॉर्च की रोशनी हो। वहाँ तिब्बत का पठार था, पहाड़ियाँ थीं। मेरे सात जन्म एक क्षण के लिए कौंधे और ग़ायब हो गए। मैं भौचक खड़ी की खड़ी रह गई।

इसकी बात मैं किससे करती? इन चीज़ों के बारे में मैं तब कुछ भी नहीं जानती थी।

चौंधियाई-सी मैं अपने कमरे में लौट गई।

उसके बाद मेरी सारी अंग्रेज़ी शिक्षा, पश्चिमी रहन-सहन धुँधले पड़ गए। मेरा दूसरा जीवन शुरू हो गया बिना मेरे जाने।

ঙ

अगली सुबह पांडुरंग जी की संगत में बहस-मशविरा शुरू हुआ। सबके पास अपने-अपने सुझाव थे। गोलाई में कुर्सियाँ लगाए सब बैठे थे।

रिनपोछे की बारी आई तो मैं उन्हें सुनकर हैरान रह गई। देखने में इतने नर्म-नाज़ुक और बातें कैसी गर्म-गर्म!

बोले, *पांडुरंग जी से बात नहीं हो सकती। वह भीड़ जुटा रहे हैं, भीड़ को बदल देने का दावा कर रहे हैं। इस आन्दोलन से भीड़ का स्वभाव बदल गया है, यह मान लेना ग़लत है। व्यक्ति बदलता है, भीड़ नहीं...व्यक्ति अपने भीतर से कैसे बदले, इसके लिए आपको यत्न करना होगा।*

सन्नाटा छा गया। किसी तरह सभा ख़त्म हुई।

कालान्तर में रिनपोछे की बात सच निकली। सन् 2002 के गुजरात दंगों की हैवानियत देखकर कौन कह सकता था कि अभी कुछ समय पहले तक वहाँ स्वाध्याय की विशाल रैलियाँ जुटती थीं!

ঙ

व्यक्ति के भीतर क्या बदले, क्या न बदले, रिनपोछे ने इसे तनी रस्सी पर चलकर दिखाया है।

जिस समाज को उनके जैसा दार्शनिक शासक मिल सका, वह ईर्ष्या करने लायक़ है। तिब्बतियों ने ही हमें बताया, ईश्वर यदि राजा हो, तो कैसा होता है। राजा यदि ईश्वर जैसा हो, तो कैसा होता है। दलाई लामा और रिनपोछे जैसा उजला उदाहरण अन्यत्र कहीं हुआ हो, किसी और देश-काल में, मेरी जानकारी में नहीं।

तिब्बती शरणार्थी सुशिक्षित हों, आधुनिक और आत्मनिर्भर हों, जहाँ भी रहें, वहाँ के समाज में सौहार्द से रहें—यह उनके संघर्ष का एक सिरा है।

वह बौद्ध होने के लिए बौद्ध न हों, उन्हें अपनी अस्मिता की ऐसी पहचान हो कि दलाई लामा हों, न हों, तिब्बत के भीतर-बाहर इसे अविजित रख सकें—यह दूसरा सिरा है।

ड्रैगन के मुँह में बैठकर बीन बजाई जा सकती है, दुनिया देख रही है। रिनपोछे ने यह कर दिखाया है।

व्यक्तियों को स्वयं का परिष्कार करने में जीवन लग जाता है, यहाँ इन दोनों ने अपने पूरे समाज को शिल्प की तरह गढ़ दिया! भारत जैसे देश में, जहाँ की संस्कृति इनके बहुत निकट, अनुकूल थी, कहाँ इनकी पहचान हमारे बहुलतावादी देश में एकदम मिट सकती थी।

आज स्थिति यह है कि हम उनसे सीखना चाहते हैं, उनके अनशनों में हिस्सा लेते हैं, उनके हक़ में बयानों पर दस्तख़त कराते घूमते हैं।

ꔰ

मार्च 1997 में हमारा सारनाथ जाना हुआ, रिनपोछे के बुलावे पर। हमारी सदी के विलक्षण विचारक प्रोफ़ेसर सरन की 75 वर्ष की आयु में पहली पुस्तक 'Traditional Thought' तिब्बती संस्थान से प्रकाशित कर अकादमिक हलक़े में उन्होंने उत्तेजना फैला रखी थी।

दो-तीन महीने पहले दिल्ली की नेहरू मेमोरियल लाइब्रेरी में भी उन्होंने एक शाम इस पुस्तक पर चर्चा करवाई थी जिसमें हम लोग गए थे। उस शाम भी मैं एक बार ठिठकी थी।

रिनपोछे माइस्टर एकहार्ट को उद्धृत करते हुए कह रहे थे, *अगर तुम्हें कोई किताब समझ में नहीं आ रही, तो भी उसे पढ़ जाओ। हो सकता है, कभी भविष्य में वह तुम्हारे सामने खुल जाए।*

सरन साहब की पुस्तक छापने के पीछे, हो सकता है, उनकी यही मंशा रही हो।

ೞ

सारनाथ में रिनपोछे का बौद्धिक वैभव देखते बनता था। तरह-तरह के बुद्धिजीवी उन्होंने बुला रखे थे।

प्रोफ़ेसर कसाई, सरन साहब के पुराने साथी, विशेष रूप से जापान से आए थे। संस्थान में शास्त्रीय विद्वान थे। ऐसा विचारोत्तेजक पूरब-पश्चिम संवाद किसी भारतीय संस्थान में भी हो सकता है? विश्वास न होता था।

प्रोफ़ेसर सरन स्वयं पश्चिमी शिक्षा पाए हुए असाधारण विद्वान थे। उन्होंने जीवन भर छोटी-मोटी क्रान्तियाँ की थीं। व्यवस्था प्रायः उनसे नाराज़ रहती आई थी। पारम्परिक चिन्तन पर उनका विशेष आग्रह था, अन्तःप्रज्ञा पर सर्वाधिक ज़ोर। उनके चिन्तन में पूरब-पश्चिम के द्वैत झड़ चुके थे। वहाँ माइस्टर एकहार्ट, विटगेंस्टाइन, वॉल्टर बेन्यामिन, बोर्ख़ेस, सिमोन वेल, किर्केगार्द, आइज़ेक डिनेसन, काफ़्का और बॉदलेयर जैसे लेखक उतने ही केन्द्रीय थे जितना गोपीनाथ कविराज, आनन्द कुमारस्वामी, स्टेला क्रेमरिश, टी.एस. इलियट, सेंट ऑगस्टिन, भगवद्गीता।

तिस पर अपनी पहली पुस्तक के प्रकाशित होते ही उन्होंने अपने अब तक के लिखे हुए को ख़ारिज कर दिया था। इससे और भी सनसनी थी।

जीवन के इस मोड़ पर सरन साहब अपने सुविचारित गद्य की बजाय सूक्त वाक्यों पर आ गए थे। भक्तों वाली दशा पा गए थे। भेद अभेद हो गए थे। पुस्तक में कौन-सा वाक्य उनका, कौन-सा किसी दूसरे का है, यह उसके इंडेक्स को देखकर ही पता चलता था या उन लोगों को जिन्होंने इन अद्‌भुत लेखकों पर गहरा चिन्तन कर रखा था।

साधारण पाठकों के लिए यह किताब न थी।

रिनपोछे सरन साहब को पहचान गए थे। उनकी प्रज्ञा में शान्तिदेव-मिलारेपा घुले थे।

सरन के भीतर क्या हो रहा था, वह जान गए थे।

☙

जिस किताब को कोई बड़ा-छोटा अंग्रेज़ी प्रकाशक हाथ न लगाता, रिनपोछे ने तिब्बती संस्थान से छाप दी।

एक बड़े चिन्तक को अपने उत्तरार्द्ध में स्वयं अपनी समस्त स्थापनाएँ, उन स्थापनाओं की विधि रद्द करने का अवकाश उन्होंने दे दिया था। इतना ही नहीं, प्रोफ़ेसर सरन के सम्पूर्ण वाङ्मय को सारनाथ तिब्बती संस्थान से प्रकाशित करने का अपूर्व निर्णय उन्होंने ले लिया। पश्चिमी शिक्षा पाए, अपनी व्यवस्था से पीड़ित एक विचारक की समाई उन्होंने अपनी शास्त्रीय परम्परा में कर दी थी!

इससे पहले संस्थान में रहते हुए उन्होंने कितने ही लुप्तप्राय: ग्रंथों का भोटी से वापस संस्कृत में पुनरुद्धार करवाया था, लेकिन इस काम का कोई सानी न था। प्रकाशित ग्रंथ तो देर-सबेर किसी की नज़र में आ जाते। यहाँ उनकी दृष्टि सरन साहब के दिमाग़ में छिपी पड़ी पुस्तकों पर आ गई थी।

भारत में किसी विश्वविद्यालय द्वारा एक विद्वान के सम्पूर्ण वाङ्मय को समेटने का ऐसा ठोस क़दम न इससे पहले सुनने में आया, न बाद में।

यह रिनपोछे की आधुनिक भारतीय मनीषा को अनूठी भेंट है।

सरन साहब की वैचारिक जिजीविषा उन वर्षों में देखते बनती थी।

☙

उस यात्रा में पहली बार मैंने तिब्बती संस्थान को ठीक से देखा। वहाँ की लाइब्रेरी में माइक्रोफ़िश पर संरक्षित पुराने ग्रंथ, जो इससे पहले मैंने केवल वाशिंगटन में देखे थे, लाइब्रेरी ऑफ़ कांग्रेस में।

प्रकाशन विभाग की पुस्तकें—भोट भारती, दुर्लभ बौद्ध ग्रंथ, सम्यग् वाक्, अवलोकितेश्वर ग्रंथमाला आदि। सब की सब रिनपोछे के दक्ष प्रधान सम्पादन में।

रिनपोछे की अपनी पढ़ाई टूट-टूट कर पूरी हुई थी, आधी तिब्बत के मठों में, आधी भारत में। अपने जीवन के पुरुषार्थ से एक ऐतिहासिक दुर्घटना का प्रतिकार कर दिया था उन्होंने। आने वाली पीढ़ियों के लिए एक अक्षुण्ण विरासत सहेजकर।

क्या ये वही अजूबा थे, जिन्हें देख हम दिल्ली में मुदित होते थे?

ω

सारे परिसर पर रिनपोछे की कला-दृष्टि की मोहक छाप थी। घने छायादार वृक्ष, तिब्बती वास्तुकला में बने भवन, उनकी खिड़कियों के गिर्द सीमेंट के काले बॉर्डर, गोल कंगूरों में पाँच रंग। कक्षाओं में गुरु के बैठने के पारम्परिक आसन। पंच महाविद्याएँ वहाँ पढ़ाई जाती थीं।

तिब्बती संस्थान भारत सरकार का आधुनिक विश्वविद्यालय नहीं, कोई गुरुकुल जान पड़ता था। गुरुदेव के शान्तिनिकेतन और रुक्मिणी देवी अरुंडेल के कलाक्षेत्र के बाद मेरे अनुभव में आया यह तीसरा परिसर था, जिस पर उसके मनीषी की ऐसी अमिट छाप थी।

हम भारतीय ऐसी कोई जगह क्यों नहीं बना पाते? क्या इसलिए कि हमारा अपनी संस्कृति से वह सम्बन्ध ही नहीं, जो तिब्बतियों का है?

वहीं मैंने पहली बार भवनों के बाहर शान्तरक्षित, कमलशील आदि नाम पढ़े। वे तिब्बती बौद्ध धर्म के महान गुरु थे, यह बाद में जाना।

ω

रिनपोछे के घर में झाँककर देखा। वह स्वयं धर्मशाला जा चुके थे। प्रोफ़ेसर सरन वहाँ ठहरे हुए थे। दो शिष्यों के साथ। मुराकामी से पूछा, *रिनपोछे का कक्ष देख सकती हूँ?*

छोटा-सा एक कक्ष, जैसे साधना-कक्ष।

विनय के नियमों के अनुसार बनाया है, उसी माप से। सरन साहब ने बताया।

इतना ख़ाली? जैसे जीवन।

रिनपोछे ने स्वयं धूप में खड़े होकर पीडब्ल्यूडी जैसी सरकारी संस्था से तिब्बती संस्थान का निर्माण करवाया था, 70 के दशक में, यह वहीं पता चला।

और यह भी कि इधर रिनपोछे भवन बनवा रहे थे, उधर अपने तीन मेधावी विद्वानों को संस्कृत सीखने भेज रखा था कि दुर्लभ बौद्ध ग्रंथों का तिब्बती से वापस संस्कृत में उद्धार हो सके!

उन्हीं में से एक, प्रोफ़ेसर सामतेन, आज संस्थान अध्यक्ष हैं, रिनपोछे के सेवानिवृत्त होने के बाद।

यदि यह तिब्बत की किसी स्मृति का पुनराविष्कार था, तो वह स्मृति कैसी थी?

ও

1997 में मुझे क्या मालूम था कि ठीक दस बरस बाद मैं तिब्बत जाऊँगी, 2007 में, सड़क के रास्ते नेपाल से ल्हासा। और रिनपोछे को लौटकर उनकी जनता का आँखों देखा हाल बताऊँगी।

ल्हासा के एक कैफ़े में बैठकर उन्हें पोस्टकार्ड लिखूँगी। और युवा तिब्बती मुझे घेर लेंगे। नहीं, अभी और लिखिए, चीनी पुलिस को शक हो गया, तो कार्ड डाक में फँस जाएगा।

हम सब मिलकर ल्हासा की उस दोपहर रिनपोछे को एक खुला पत्र लिखेंगे, और वह अटकता-निकलता दो महीने बाद उनके दिल्ली ब्यूरो के पते पर सही-सलामत पहुँच जाएगा!

उनकी जनता का अपने निर्वासित प्रधानमंत्री को भेजा हाल।

ও

न तब मुझे यह पता था कि ल्हासा पहुँचने के पहले ही दिन एक चीनी आदमी मेरा मनीबैग मय पासपोर्ट, टिकट और पैसों के भाग जाएगा और मैं चीनी पुलिस के परमिट पर अपने ही देश में शरणार्थी बनकर लौटूँगी।

हवाई अड्डों पर बिना पासपोर्ट चीन सीमा पार कर लूँगी, नेपाल सीमा पार कर लूँगी और दिल्ली हवाई अड्डे पर पुलिस एक घंटा मेरी पूछताछ करेगी!

शरणार्थी नहीं बनूँगी, तो शरणार्थी होने को समझूँगी कैसे?

ଓ

मुझे यह भी नहीं मालूम था तब, कि एक दिन मेरे भाग्य में रिनपोछे का ड्रेपुंग गोम्पा देखना लिखा होगा, जहाँ उन्होंने उच्च शिक्षा ली थी, अपने सात युवा बरस बिताए थे, जहाँ से वह 1959 की एक रात निर्वासन के लिए निकले थे, चीनी गोलीबारी के बीच। साढ़े उन्नीस बरस की नाज़ुक उम्र में।

मैं—अपनी माँ के पेट में दो महीने का गर्भ। क्या मुझे पता था, एक दिन मैं भेस बदलकर भाग रहे इस तरुण भिक्षु से मिलूँगी?

मुझे पता था।

कुछ बातें मुझे रिनपोछे से ज़्यादा मालूम रही आई हैं।

ଓ

मैं जब रिनपोछे का ड्रेपुंग गोम्पा देखकर आई, बल्कि मठ की प्रसिद्ध मंजुश्री छड़ी से अपनी पीठ ठुकवाकर, तो उनका चेहरा देखते बनता था।

ज़रूर उन्होंने भी वहाँ रहते अपनी पीठ ठुकवाई होगी, तभी मुझसे कहा था!

मैंने एक पुड़िया में ल्हासा के जोखांग मन्दिर से लाई मिट्टी उन्हें भेंट की और बताया, वहाँ मन्दिर की छत पर सारा दिन 'दलाई लामा लौटेंगे, लौटेंगे' वाला गाना तिब्बती में बजता है और चीनी पुलिस नीचे गश्त लगाती रहती है, बिना जाने कि क्या बज रहा है, आपका सत्याग्रह अवश्य सफल होगा, तो वह हँसे।

ଓ

गान्देन गोम्पा के पास एक गुफा में चोंखापा का साधना स्थल भी मैं देख आई, जहाँ मरणासन्न चोंखापा को अमिताभ बुद्ध ने बचाया था। गुफा की चट्टान पर देवता उभर आए थे। अभी तक देखे जा सकते थे। ल्हासा से चालीस किलोमीटर दूर उस स्थान पर।

आधी सदी पहले रिनपोछे वहाँ रुके थे। बारह बरस की अवस्था में। ड्रेपुंग गोम्पा जाते समय।

उत्तरी तिब्बत में स्थित रेतिंग गोम्पा से अलौकिक शुक्पा पेड़ों की छाल भी मैं ले आई जो आचार्य अतिश के बालों से जन्मे थे। उसके बारे में तिब्बत जाने से पहले उन्होंने ही मुझे बताया था।

तब मुझे मालूम नहीं था, यह वही रेतिंग है, जिसके लिए दलाई लामा ने कहा था, अगर वह कभी तिब्बत लौटे, तो ल्हासा के पोटाला में रहने की बजाय सुनसान जगह के इस रेतिंग में रहना चाहेंगे।

मेरे भाग्य में अवश्य रहा होगा कि दस बरस बाद एक दिन मुझे सुनना और रिनपोछे को कहना था, *अब आप हमारी आदरणीय हो गईं, आप रेतिंग हो आई हैं...*

भाग्य हमेशा फलित होता है—गोविन्द जी कहा करते थे।

ೞ

मुझे यह नहीं मालूम था तब, कि भविष्य में मैं ही रिनपोछे को मित्रों के दुखद समाचार दूँगी।

वह धर्मशाला में निर्वासन सरकार के प्रधानमंत्री का काम देखते होंगे और मैं फ़ोन करके उनसे कहूँगी—फ्रांसीन नहीं रहीं, सरन नहीं रहे, इला नहीं रहीं, निर्मल, रामू गांधी, दया जी, गोविन्द जी नहीं रहे।

वह सुनते होंगे और चुप हो जाएँगे।

मैं देर तक उनकी चुप्पी सुना करूँगी, बरसों बाद, मैं नहीं जानती थी।

ೞ

दुख अनित्य कैसे है? वह तो हमेशा साथ लगा रहता है।

कई बरस पहले रिनपोछे से मैंने पूछा था। वह निर्मल को बधाई देने हमारे घर आए थे, करोल बाग में। एक सप्ताह पहले निर्मल को दलाई लामा के हाथों मूर्तिदेवी पुरस्कार मिल चुका था। 30 मई, 1997 की शाम थी।

वह चुप हो गए, कुछ देर सोचा, फिर बोले, *दुख यदि अनित्य नहीं होता, तो हम जी कैसे पाते? हम जी ही नहीं पाते।*

रिनपोछे उन व्यक्तियों में हैं, जो अपने मौन में भी उतना ही रहते हैं, जितना अपने शब्दों में।

उसके बाद मुझे कभी डर नहीं लगा दुख से। अनित्य था वह।

ও

मैं बुद्ध धर्म पर तरह-तरह की पुस्तकें पढ़ती रहती थी। रिनपोछे से मिलने के पहले से यह क्रम चला आ रहा था। कई सालों से। मेरी कविताओं में भी बुद्ध आ चुके थे। 'अँधेरे में बुद्ध'।

एक रोज़ मैंने उनसे शिकायत में कहा, कई बरस बाद।

आपने हमें कुछ नहीं समझाया।

मैं कितना भी पढ़ती, आईना साफ़ न होता था। मेरे दिल में इस बात का हल्का रंज था।

रिनपोछे ने कुछ देर सोचा। बोले, *आप केवल बोधिचर्यावतार पढ़ जाइए, वह काफ़ी है।*

ও

शान्तिदेव का बोधिचर्यावतार। तपती हुई कविताएँ। नालन्दा में रची हुईं।

मैंने धीरे-धीरे वे पढ़ीं। टुकड़ों-टुकड़ों में। और जब मेरा समय आ गया, मेरा फल पक गया कुछ बरस बाद, मैं सारनाथ में थी, हज़ारों की भीड़ में। परम-पावन से वे कविताएँ सुनती हुई, उनकी देशना लेती हुई।

क्या लाभ इस देह का
खाने लायक नहीं जिसका गन्दा भीतर
पीने लायक नहीं जिसका रक्त
चूसने लायक नहीं जिसकी अँतड़ियाँ?

देशना सुनती हुई ही मैं बौद्ध हो गई थी। दीक्षा से पहले ही। फिर मेरा तारा अभिषेक हुआ। अगले बरस कालचक्र अभिषेक। कोई पूर्वजन्म मुझे बुद्ध के दरवाज़े तक ले आया था, वहाँ छोड़ गया था।

रिनपोछे—इतने बड़े, स्थिरमति विद्वान—ऐसी मर्मभेदी कविताएँ अपने भीतर लेकर चलते थे?

इन कविताओं पर ध्यान करते-करते इन्होंने पार कर लिया था सारा संसार? इसकी क्रूरता, इसका विद्रूप?

इन पर मनन करते-करते खोज ली थी अपनी संकटग्रस्त जाति के बचने की विधि?

ଓ

रिनपोछे से मिलकर साहित्य से मेरा सम्बन्ध बदल गया और मुझे पता भी नहीं चला।

भाषा में मौन ही उसका सबसे ज़रूरी अंग है, अपने नपे-तुले शब्दों से उन्होंने समझा दिया था। रचना शब्द-कौशल से नहीं, लिखने वाले के आन्तरिक जीवन से रची जाती है—यह मैं स्वयं ही जान गई धीरे-धीरे।

रिनपोछे ने कहीं कहा है, *संस्कृति कर्म उज्ज्वल पारदर्शी मन की उपज है। Culture is an expression of a calm and purified mind-state and the creativity which comes out of such a purified mind-state.*

क्या मन को पारदर्शी कर पाना सम्भव है? झील की तरह उसे निष्कम्प कर पाना?

साहित्य मनुष्य मन के झंझावात पकड़ता है, उसकी पीड़ा, उसका वैराग्य। मैं वे रचनाएँ पहचानती हूँ।

निष्कम्प पारदर्शी मन अपनी रचना में कैसे प्रवाहित होता होगा? क्या उसे रचना करने की आवश्यकता लगती होगी? क्या उसे शब्द की ज़रूरत होती होगी?

मेरा सौभाग्य रहा तो शायद किसी दिन रिनपोछे के किसी आधे-अधूरे वाक्य से मैं इसका मर्म पा जाऊँ।

ଓ

आज रिनपोछे आचार्य शीलभद्र की भूमिका में हैं। प्राचीन नालन्दा का स्वप्न साकार करने में उनसे समर्थ मनीषी और कोई नहीं। साँची की पवित्र भूमि पर रिनपोछे की कल्पना, कलादृष्टि, अन्त:प्रज्ञा से बौद्ध विश्वविद्यालय शीघ्र साकार हो, उसकी व्यवस्था में हम जैसे द्विजन्मे लोगों के लिए भी प्रज्ञा उपाय हो, इस कामना के साथ उन्हें जानने की अपनी कृतज्ञता एक बार फिर कहती हूँ।

ଓ

जाते-जाते कुछ हँसी की बातें। रिनपोछे से हमेशा अक़्लमन्दी की बातें तो मैंने की नहीं!

एक बार मैंने उन्हें फ़ोन किया, बड़ी विचित्र स्थिति में थी। एक लेखक मंडल में केवल हम दो लोगों को विदेश जाना था। जो मेरे साथी थे, वह मेरे जानी दुश्मन, मैं उनकी। रिनपोछे को अपनी उलझन बताई।

बोले, *आपका मतभेद अभिधा में है या आलंकारिक?*

मैं चकराई, कह क्या रहे हैं। न मुझे अभिधा का अर्थ मालूम, न अलंकार का।

मैं चुपचाप विदेश चली गई। सोचा, यहाँ से मिल चुकी मुझे सलाह!

ଓ

एक बार फ़ोन किया। पता चला, इस समय पठानकोट में किसी गांधीवादी संस्था में हैं। अगले दिन 2 अक्टूबर था। मैंने सोचा, उन्हें कोई उद्घाटन करना होगा या अध्यक्षता। पूछा, *आपको क्या करना है?*

बोले, *कुछ नहीं, झाड़ू-वाड़ू लगाना है।*

मैं परेशान। रिनपोछे से झाड़ू लगवा रहे हैं?

पता चला, अगले दिन उन्हें श्रमदान करना था!

ര

हमारे पोखरे में रात कमल खिल गया है।

बड़ी पुलक से मैंने उन्हें फ़ोन किया।

रिनपोछे जानते थे, नये घर के बग़ीचे में गड्ढा खोदकर बैठी हूँ। कमल उगाने की कोशिश कर रही हूँ।

अच्छा? कितने बजे?

उधर से बड़ी खनकती आवाज़ आई।

रात एक बजे। कम्प्यूटर पर काम कर रही थी। खिड़की से देखा, चाँदनी में कमल खिला पड़ा है। मैं तुरन्त बाहर गई।

बोले, *कुमुद है।*

क्या?

आपका फूल कमल नहीं, कुमुद है। कमल दिन में खिलता है, कुमुद रात को। आपको नहीं पता था? अमरकोष में देख लीजिए।

अगले दिन मैंने अमरकोष मँगाया अर्जेंट। फूल कुमुद ही था।

इतने दिन मैं देवी को रिझाने के लिए बैठी रही, आख़िर फूल खिला और कमबख़्त कमल नहीं, कुमुद निकला!

ര

रिनपोछे मेरे नये घर पाँव धरने आए। मैं बहुत ख़ुश कि हमारे शहर की सड़कें चौड़ी और साफ़ हैं, उन्हें देखकर अच्छा लगेगा। वह चुप-चुप।

कुछ देर बाद बोले, *अब समझ में आ रहा है, किसान इतनी तकलीफ़ में क्यों हैं।*

मेरा मन बुझ गया।

मैंने इस बारे में सोचा ही नहीं था। मुझे घर, बल्कि उसका बग़ीचा ऐसा अच्छा लगा था कि मैंने दिल्ली छोड़ दी थी।

ख़ैर। बात-वात होती रही। सारे घर को घूम-फिर कर देखा उन्होंने।

बोले, *आप जैविक बाग़बानी करिये।*

सब जानते हैं, रिनपोछे को जैविक खेती का ख़ब्त है।

मैं घबराई, पहली बार बग़ीचा मिला था। मुझे कुछ आता-जाता नहीं था।

कुछ नहीं करना। सबसे पहले आप एक कम्पोस्ट पिट बनाइए।

बताते रहे, कैसे एक तह रसोई का कचरा, एक तह कुछ और रखना है। मेरा ध्यान भटक गया।

इसमें तो बदबू बहुत होगी, मैंने कहा।

गड्ढा ठीक मेरे सोने के कमरे के पीछे ही बन सकता था। कुछ नहीं बोले। प्लान रद्द हो गया।

रिनपोछे को कुत्तों से प्रेम है। कुत्ते भी ऐसे हैं कि उन्हें देखकर पूँछ हिलाने लगते हैं, चाहे जान-पहचान हो, न हो।

रिनपोछे झुकेंगे, उनके माथे के बीच में खुजाएँगे, फिर उनके गले के नीचे। ज़ाहिर है, जानवरों को प्यार करने के सब बिन्दु रिनपोछे को पता हैं।

जब तिब्बत से आ रहे थे घोड़े पर, तो उनका घोड़ा उन्हें मुड़-मुड़कर देखता था, ख़ासकर बर्फ़ पार करते हुए—लामा जी कहीं गिर तो नहीं गए!

पहली बार जब धर्मशाला में बुलाए गए, 1960 में, तो दलाई लामा की अपनी हालत ख़स्ता थी। हमारे नाज़ुक-से बीस वर्षीय रिनपोछे के रहने का इन्तज़ाम हुआ एक गाय के छप्पर में। दिन भर तो वह चरती रहती, रात को लौटती तो लामा जी को उसे भगाना पड़ता, उसकी जगह पर सोने के लिए।

रिनपोछे के दिल में ऐसे बहुत से प्रेमी जानवर रहते हैं, उनके इंटरव्यू पढ़कर जाना जा सकता है।

ꕥ

सो जब करुणा आभा मेरे छोटे से घर में पधारे और सब घास-पत्ते देख चुके, तो मैंने अपनी इच्छा प्रकट की।

मैं एक हिरण रखना चाहती हूँ, मुझे बहुत अच्छे लगते हैं, पता नहीं कहाँ मिलेगा हिरण?

मेरा माली इस प्लान को फ़ेल कर चुका था। हिरण आपके सारे पत्ते खा जाएगा, कहकर।

अब रिनपोछे—*मेरा सुझाव है, आप हिरण की जगह एक बकरी रख लें, उससे दूध भी मिलेगा, खाद भी!*

मैंने रद्द कर दिया विचार, दोबारा खाद की बात सुनकर।

ꕥ

अब बग़ीचे में यूरिया न इस्तेमाल करने का उपाय?

आप गोमूत्र का उपयोग कर सकते हैं। घर भी पवित्र रहेगा।

सही कह रहे हैं एकदम। मैंने अगले दिन 5 लीटर की कैनी लाकर माली को दी, *भैया, गुरुजी कह गए हैं, गोमूत्र ही इस्तेमाल करना है।*

बोला, *कोई दिक़्क़त नहीं। हमारे कमरे के पीछे ही गोशाला है, लड़के को कह देंगे, वह दे देगा।*

फ़्री में मत लेना। पैसे ज़रूर दे देना।

मैंने उसे पचास रुपये देकर कहा। बात पक्की हो गई।

एक सप्ताह बीत गया, कोई ख़बर नहीं। मैंने पूछा।

बोला, *कर रहे हैं, कर रहे हैं।*

अगले दिन कैनी आई। पाँच लीटर की जगह आधा लीटर गोमूत्र।

मैं हिला-हिला कर देखूँ, रास्ते में ही गिरा आया है सब?

इतना ही हो पाया। वो आप जानती हैं, गाय का कुछ भरोसा नहीं। जब वो बैठा रहता था, कुछ करती नहीं थी। जब तक बरतन लेकर भागता था, वो करते-करते आगे चली जाती थी। ये लीजिए अपने पैसे। उसने कहा है, अब मत आना।

मैंने सोचा था, रिनपोछे को कभी भनक नहीं लगने दूँगी लेकिन तय किया, आज बता ही दूँ, ऐसी हुई थी मेरी खेती।

भगवान बुद्ध भी शिष्य देखकर उपदेश देते थे। आपने यह भी न याद रखा!

चलते-चलते हमारे और रिनपोछे के मित्र प्रोफ़ेसर रमेशचन्द्र तिवारी का स्मरण। सारनाथ की बात है।

एक दिन मैंने बड़ी भावना में कहा, *तिवारी जी, आपको क्या लगता है, हमारा कोई पिछला कर्म था, जो हम सब रिनपोछे से मिले?*

तिवारी जी हँसे। बोले, *हमारे कर्म का तो पता नहीं, लेकिन रिनपोछे के पिछले कर्म ज़रूर थे, जो उन्हें हम सब मिले।*

[डॉ. राधावल्लभ त्रिपाठी द्वारा राष्ट्रीय संस्कृत विश्वविद्यालय, नई दिल्ली में 16 अगस्त, 2013 को आयोजित 'समदोंग रिनपोछे : कृतित्व और अवदान' विचार-गोष्ठी के लिए लिखा गया आख्यान।]

कृष्णनाथ

1990 के आसपास कृष्णनाथ पहली बार हमारे घर आए थे।

उस वक़्त कैलिफ़ोर्निया से लौटे ही थे, शायद कृष्णमूर्ति फ़ाउंडेशन के ओहाई सेंटर से। पता चला, वे जे. कृष्णमूर्ति से जुड़े हैं।

उन दिनों मैं कृष्णमूर्ति की बड़ी भक्त थी। कॉलेज के दिनों के बाद से ही उनकी दिल्ली की सभाओं में, जो मावलंकर हॉल में हुआ करती थीं, मैं जाया करती थी। कई बरसों से कृष्णमूर्ति मेरे सिरहाने की मेज़ पर रहते आए थे। सो कृष्णनाथ जी मिलते के साथ ही मेरे मन में स्थिर हो गए।

उनसे मिलकर लगा, वे उन व्यक्तित्वों में से नहीं जो खाँचे में जीते हैं। पता नहीं क्यों ऐसा लगा, पहली ही बार।

उनसे परिचय हुए पच्चीस साल तो बीत ही चुके। कृष्णनाथ जी के आसपास कोई खाँचा यदि रहा होता तो ज़रूर दिख जाता।

ᖰ

कृष्णनाथ जी से मिलने पर दो-एक बार ऐसा हुआ कि उनसे मैंने अपनी किसी व्यक्तिगत कठिनाई की चर्चा की और आध्यात्मिक कठिनाई की भी। बौद्ध धर्म में मेरा अपना अध्ययन व जुड़ाव मुझे उबार न पाता। आस्था वाला मन तसल्ली से ज़्यादा शंकाकुल और व्यथित ही रहता।

क्या यह कवि-मन का स्वभाव था, बार-बार काँटे में जा अटकना?

कृष्णनाथ जी चुपके से मुझे निकाल लाते। बात-बात में, मेरी जानलेवा आकुलता पर मन्द मन्द मुस्काते हुए।

दिनों बाद मुझे उनकी साधना और ज्ञान का आन्तरिक सत्य समझ में आता।

कड़ी गाँठ खोलते समय।

ᘓ

उनकी बौद्ध जगत व हिमालय की यात्राओं पर लिखीं पाँच किताबें छपाने का सौभाग्य मुझे मिला था, जब वह 75 वर्ष के हुए थे। वाणी प्रकाशन ने यह किताबें प्रकाशित की थीं।

इन किताबों को छपवाने, डिज़ाइन करने और प्रूफ़ रीडिंग करने की ज़िम्मेदारी मुझे रिनपोछे जी ने सौंपी थी। इनमें हिमालय त्रयी पूर्व-प्रकाशित व अरसे से अनुपलब्ध थी। दो और पांडुलिपियाँ मेरे सुपुर्द कर कृष्णनाथ जी बैंगलौर में निश्चिन्त जा बैठे। नामकरण करने की ज़िम्मेदारी भी मुझ पर थी।

मैंने पुस्तकों को नाम दिया 'दत्त दिगम्बर माझे गुरु' व 'रूपं शून्यं शून्यं रूपं।'

कृष्णनाथ चकित हुए। मुदित भी।

पुस्तकों के आवरणों को, बीच के पन्नों के फोलियो को जितना भी कल्पनाशीलता से हम प्रस्तुत कर सकते थे, हमने किया।

आवरण सभी एक से एक थे, लेकिन कृष्णनाथ जी काफ़ी देर तक मन्द स्मित 'दत्त दिगम्बर माझे गुरु' का कवर देखते रहे। एक संन्यासी का भगवा आँचल वहाँ हवा में उड़े जा रहा था।

एक रंग, जो उन्होंने कभी पहना नहीं था, एक वस्त्र जिसकी नामालूम-सी छाया हमें उन पर महसूस होती थी।

ᘓ

हमने उनके 75वें जन्मदिन को ख़ूब अच्छे से एक समारोह में मनाया। वाणी प्रकाशन के सहयोग से इंडिया इंटरनेशनल सेंटर में। उस आयोजन में रिनपोछे, नामवर सिंह, अशोक वाजपेयी, कैलाश वाजपेयी, कपिला वात्स्यायन, गोविन्दचन्द्र पांडे, रमेश तिवारी आदि हमारे प्रमुख विद्वान वहाँ थे।

उस शाम कृष्णनाथ जी से हम सब की कई मुद्दों पर बातचीत हुई। '*बौद्ध ग्रंथावली*' की बात हुई तो उनकी प्रखर विद्वत्ता सामने आई, अशोक जी हँसी-ठट्ठे वाली बात करने से न रुके तो कृष्णनाथ उनसे भी अधिक खुलकर हँसे। कैलाश जी सात तरह का ध्यान बताने लगे तो देखा, कृष्णनाथ जी विपश्यना समाधि में बहे जा रहे हैं और रिनपोछे सकपकाए-से मेज़ को देखे जा रहे हैं।

समारोह में रिनपोछे के हाथों खता मिला, अरुण माहेश्वरी को, जबकि उनसे कहीं ज़्यादा मेहनत उन किताबों पर मैंने की थी! बाद में अरुण जी ने बच्चों की तरह चहककर कहा, *अब मालूम हुआ कि बौद्ध धर्म में स्त्रियों का कोई स्थान नहीं!*

मैंने कई तरह के दुख देख रखे थे, लेकिन इस तंज़ का कोई उपाय न था। मैं सचमुच पूछना चाहती थी, कृष्णनाथ जी से, रिनपोछे से।

क्या हमारा कोई स्थान नहीं?

बहुत ही आत्मीय और मनोहर वह आयोजन हुआ। उस रोज़ कृष्णनाथ जी सचमुच कृष्ण थे। उन्होंने सबको गोपियाँ बना डाला था।

ccs

कृष्णनाथ जी के व्यक्तित्व में यही चीज़ सबसे सुन्दर है—वह साधक हैं, विद्वान हैं, ज्ञानी-अन्तर्ज्ञानी हैं, लेकिन रूखे-सूखे भिक्षु नहीं, पक्के रसिक हैं।

उनके लेखन में रस टपका पड़ता है। वैसा रस नहीं, जिसकी बात युधिष्ठिर ने की थी, कि एक आदमी पेड़ की जड़ से लिपटा औंधा टँगा है, नीचे खाई है, पेड़ पर एक साँप है लेकिन वह अनजान मधुमक्खी के छत्ते से टपकता मधु पीने में लगा है।

कृष्णनाथ जी का रस-बोध किसी दूसरी मनीषा में से छनकर आता था। मध्यम मार्ग से। किसी गहरे कौतुक बोध से। सेंस ऑफ़ ह्यूमर से।

इस मामले में वह हिन्दू साधुओं के अधिक निकट बैठते हैं। वह अपने पर जीवन को घटने देते हैं। अपने वस्त्र पर उसके छींटे आने देते हैं। मुझे अच्छा लगता है, मेरे भीतर की स्त्री को।

भले मैं पाठक हूँ, लेकिन मैं भी कहाँ भूलती हूँ कि मैं एक स्त्री हूँ। कि बहुत पहले हमारा एक पुरखा, एक महामानव, एक स्त्री को आधी रात में त्यागकर जंगल में चला गया था।

ये जीवन के, साहित्य के, संन्यास और सत्य के दुर्लभ क्षण हैं—कृष्णनाथ जी के लेखन में—एक वीतरागी की पोटली, उसकी ठिठकन।

देखते हैं कृष्णनाथ जी रुक कर?

ঙ

एक दम्पती का माधुर्य, किसी लड़की की ठिठोली। एक युवा संन्यासिन, जो उन्हें स्नान में से केवल लुंगी पहने निकले देख उलटे पैर लौट गई थी। काफ़ी देर तक उसकी छवि उनके लेखन में घूमती है। बरसों बाद की एक स्मृति में भी।

मैं उनकी (स्त्री) पाठक और बौद्ध (पाठक) भी। मुझे उनका ठिठकना—जीवन में, लेखन में—एक घटना लगता है। *अब धर्म पाँच सौ बरस भी न चलेगा*—जैसी भीषण उक्ति पर विचार करना भी।

वह अपने लेखन में बार-बार मानव से संन्यासी, संन्यासी से मानव बनते हैं।

केवल साहित्य में यह सम्भव है—खाँचे में जाना-बाहर आना, उससे खेल-खेल करना। ऐन दहलीज़ पर रुके रहना—न भीतर, न बाहर। पास देखना और दूर भी।

बहुत कम लोग ऐसा कर पाते हैं।

एक बार मैंने पूछा, *कृष्णनाथ जी, आप भिक्षु क्यों नहीं बने, जीवन तो आपने सारा भिक्षु की तरह जिया?*

वह हँसने लगे। बोले, *आदमी उससे बँध जाता है, मैं बँधना नहीं चाहता था।*

मुझे अच्छा लगा। वह बड़े अपने-से लगे।

न उन्होंने स्त्री का बन्धन माना, न संन्यास का।

मैंने उनसे जीने के बारे में जो सीखा, वह मेरे गुरु भी मुझे नहीं बता पाए—जीवन को रसिक की तरह, मधुमक्खी की तरह, तितली की तरह जीना। पीना।

विचित्र है, मेरे गुरु रिनपोछे मुझे मित्र की तरह लगते रहे और कृष्णनाथ, सारे अपनापे के बावजूद, गुरु की तरह! यह भी कोई पूर्वजन्म का संस्कार रहा होगा।

कृष्णनाथ जी को पढ़कर मेरा मन हमेशा पुलक उठता—अरे, ये तो हमारे जैसे ही हैं। इनके मन में भी हमारी तरह तरंगें उठती हैं—देखो, कैसे ये उनके साथ जाते हैं, रुकते हैं, उनका विश्लेषण करते हैं।

वह पतंग को उड़ने देते हैं, हवा में खेलने देते हैं, फिर धीरे-धीरे उसे समेटते हैं, जब तक कि उसकी अन्तिम छाया भी मन के आसमान से चली न जाए।

क्या इसी से हवा में उड़ता चीवर उन्हें इतना मुग्ध करता है?

ଓ

कृष्णनाथ जी से मेरी आख़िरी मुलाक़ात अगस्त 2014 में हुई थी, जब मैं अपनी एक अन्तरंग सहेली रूपा की शादी के सिलसिले में बैंगलौर गई।

उस सहेली का ज़िक्र मेरी मानसरोवर वाली किताब में है। बड़ी ग्लैमरस सहेली है मेरी। और पूरी भक्तिन। उसकी बड़ी-बड़ी आँखें 'अवाक्' पुस्तक में छपी हैं। कई लोग उसके बारे में पूछते हैं।

रूपा की शादी में कृष्णनाथ जी की दिलचस्पी न होती, तो किसकी होती! ख़ूब खोद-खोद कर सब पूछा उन्होंने, बताया मैंने। कैसी सजावट है, कैसा समारोह है, हम नाचे कि नहीं। रूपा के बालों में गजरा लगा है क्या?

कृष्णमूर्ति फ़ाउंडेशन की सुन्दर, सादी कुटिया में, जहाँ वह रहते थे। ऐसी उत्सुकताएँ! ऐसे सवाल!

बोले, *पहले बताया होता, तो मैं भी आपके साथ चलता उसकी शादी देखने!*

फिर वही शरारत भरी मुस्कान।

ন্ড

पहली बार मुझे कृष्णनाथ जी को उनके जंगल के मंगल में देखने का मौक़ा मिला था। उनकी कुटिया के चारों ओर हरियाली ही हरियाली थी। खिड़की के बाहर एक पुराना आम का पेड़।

मुख्य इमारत से थोड़ा दूर, ढलान पर।

कृष्णनाथ जी थोड़ा झुककर चलने लगे थे, छड़ी हाथ में रखते थे। अस्सी की वय में भी उनकी तेजस्विता देखते बनती थी।

आजकल आप कौन-सा फल खाते हैं?

मैंने उनसे पूछा।

यह हमारा निजी मज़ाक़ था। अपने किसी वृत्तान्त में उन्होंने किसी फल का ज़िक्र किया था, कि चालीस दिन उसे खाएँ तो रंग लाल हो जाता है!

हल्का-हल्का हँसी-मज़ाक़, कि दूसरा, मेरे जैसा चुप्पा व्यक्ति भी अपने संकोच में से तुरन्त बाहर आ जाए, उनसे तुरन्त सहज हो जाए।

लौटकर उनकी कुटिया के बारे में मैंने सब लोगों को ख़ूब बताया, जैसे कोई बहुत बड़ा अचरज देखकर आई हूँ! उनकी कुटिया के बाहर एक पुराना आम का पेड़!

अब सोचती हूँ, मैं यह क्यों कहती फिर रही थी सबसे?

कोई बहुत गहरा रिश्ता मुझे महसूस हुआ होगा, कृष्णनाथ जी और उस पेड़ के बीच।

जो महसूस हुआ था, वह नहीं बता पा रही थी।

जो दिखा था, वही कह रही थी—उनकी कुटिया के बाहर एक पुराना आम का पेड़...

ဖ

हमारे तीर्थ-स्थानों का हमारी तात्कालिक स्मृति में पुनर्स्थापन। कृष्णनाथ जी की लेखनी में यह चीज़ मुझे हमेशा से प्रभावित करती रही है।

यदि कृष्णनाथ जी ने वे यात्रा-वृत्तान्त न लिखे होते तो न हमें पंढरपुर के बारे में पता चलता, न चित्रकूट के, न यह कि यमुना जी के साथ संवाद में उन्होंने क्या-क्या कहा।

सब यात्री यात्रा के दौरान स्वयं से बातें करते हैं, लेकिन कृष्णनाथ जी कभी-कभी अपने समय से बातें करने लग जाते हैं। यमुना से उनका संवाद एक अनूठा संवाद है। काल को छूकर उससे पार जाता हुआ।

कुछ ग़लत तो नहीं लिख गया था?

बड़े संकोच से उन्होंने पूछा था। एक नहाती हुई स्त्री का वर्णन उन्होंने किया था, खुले शब्दों में।

नहीं, ठीक ही था।

मैं और क्या कहती! पहले सोचना चाहिए था। मैंने जब वर्णन पढ़ा था, तो एकबारगी मैं भी सकपका गई थी।

लेकिन कहें नहीं, तो बात सम्प्रेषित कैसे हो?

ဖ

हिमालय की यात्रा वाली पुस्तकों में भी कई जगह ऐसा होता है। रास्ते में पत्थर आ गिरा है, उफनती नदी बह रही है, पानी में पेड़ के तने पर पाँव रखकर पुल पार करना है, कृष्णनाथ जी बीच भँवर में लग गए हैं अपने से बातें करने!

यह कैसा व्यक्ति है? कैसा मस्तिष्क? कौन-सी सदियाँ पार कर रहा है?

उनके जैसे मस्तिष्क को सड़क पर चलते देखने की कल्पना करना विस्मित करता है। परम्परा से पोषित एक मन, एक जन्म से दूसरे जन्म में साथ चला आया माइंड।

कृष्णनाथ जी जहाँ भी जाते हैं, ये मन उस स्थान को अलग-अलग कोणों से, उसके अलग-अलग आयामों में खोलता जाता है।

यही है, परम्परा के साथ हमारा जीवित सम्बन्ध। एक जगमगाते हुए दीये जैसे मन के साथ जाइए, परम्परा अपना दरवाज़ा खोल देती है।

पहले वह आपको अपना अँधियारा दिखाती है, फिर उजियारा। आप बाहर आकर उस उजियारे में अपनी जगह खोजते हैं, फिर पा लेते हैं धीरे-धीरे।

कृष्णनाथ जी जहाँ जाते हैं, अपनी सारी मनीषा के साथ।

वह चित्रकूट जाते हैं तो उन्हें सारा रामचरितमानस याद है, उसकी पंक्तियाँ चित्रकूट के आलेख में बोलती हैं। सीताजी के वक्ष पर कौआ चोंच मार गया है और वह भगवान राम से शिकायत कर रही हैं। सारा आलेख ही इस प्रसंग पर है। ख़ूब रस लेकर।

कहीं और गए हैं, किसी बौद्ध यात्रा पर, तो विनय पिटक की कोई उक्ति वहाँ आ जाती है। कुछ भी उनकी दृष्टि से छिपता नहीं।

कुछ भी उनकी स्मृति में धुँधला नहीं पड़ता। एक साधारण जीवन का क्रियाकलाप—उसमें भी वो रमते हुए आगे बढ़ते हैं।

राहुल सांकृत्यायन की चीज़ें जब मैं पढ़ती थी, वैसा जुड़ाव क्यों नहीं दिखता था? जबकि राहुल जी तो यात्रा के दौरान जीवन में उतरने के लिए चीवर उतार देते थे। तिब्बत में चीवर को महिमा मिलती तो चोला पहन लेते। उनसे लिखने में 'कुछ' छूट क्यों जाता था?

क्यों ऐसा लगता, वहाँ जो बाहर है, वह सदा बाहर रहता है, कभी भीतर वाले के साथ जगह नहीं बदलता, जैसा कि अक्सर हमारी आन्तरिकता में होता रहता है। रुपये कम पड़ गए हैं, राहदारी नहीं आई, फ़ोटो धुलने में इतना ख़र्च हुआ, अधिकारी बाहर गया है, ऐसे ब्योरे ही अधिक हैं राहुल जी के यहाँ।

सिर्फ़ एक जगह मुझे याद है राहुल जी के वृत्तान्त में, जब उनके किसी मानवीय संवेग की झलक मुझे मिली—एक रात को जंगल में, जहाँ जानवरों से बचने के लिए खुले में आग जलाकर सोए हैं, सुबह उठकर देखते हैं, वहाँ धरती की गरमाई में उन सबके साथ एक चीता भी सोया पड़ा है!

राहुल जी के बरअक्स एक धड़कता हुआ मानस कृष्णनाथ जी में हमेशा दिखता है। कृष्णनाथ जी जब यात्रा करते हैं तो एक यात्रा उनकी हमारे सामने हो रही होती है, दूसरी उनके भीतर। वह दोनों की झलक दिखलाते जाते हैं।

बड़ी बात यह कि वह हल्का चलते हैं।

हल्का क़दम, हल्की पोटली।

जैसे कभी पुराने फ़क़ीर चला करते थे—एक कमंडल और एक पोटली लेकर।

कृष्णनाथ जी उजला-उजला चलते हैं, उजली जगह पहुँचते हैं, पहुँचाते हैं।

ശ

कृष्णनाथ जी का समाजवाद के आन्दोलन से बहुत जुड़ाव रहा।

लोहिया जी के साथ वे रहे। पित्ती जी के साथ उन्होंने हैदराबाद की 'कल्पना' पत्रिका में काम किया था। हुसैन साहब से उनकी बहुत अच्छी मित्रता थी। शायद जिन दिनों हुसैन साहब पित्ती जी के यहाँ रहकर रामायण शृंखला बना रहे थे, उन्हीं दिनों कृष्णनाथ जी वहाँ 'कल्पना' के सम्पादक थे।

पित्ती जी से मेरा मिलना बहुत बाद में हुआ, दिल्ली के किसी समारोह में।

पित्ती जी का आभिजात्य देखने की नहीं, महसूस करने की चीज़ थी। वैसी गरिमा मैंने बिरली ही देखी थी—ऐसी उपस्थिति जो अपने आसपास सब जनों को गरिमा से भर दे।

वे सचमुच 'राजा' आदमी थे। ऐसे राजा, जिन्हें बड़ा होने के लिए दूसरों को छोटा नहीं करना पड़ता था। उन्होंने हुसैन, कृष्णनाथ व अपने सम्पर्क में आने वाले सभी छोटे-बड़ों की ज़रूर गरिमा-रक्षा की होगी, उसी से सब उन्हें आज भी याद करते हैं।

हुसैन साहब हमारे अच्छे मित्रों में थे। कई बार ऐसा होता कि हुसैन साहब आ रहे हों और कृष्णनाथ जी भी दिल्ली में हैं, तो वह ज़रूर पहुँच जाते। रामकुमार-भाभी जी के बारे में भी कृष्णनाथ हमेशा मुझसे पूछते। मेरी माँ के बारे में भी।

धीरे-धीरे हमारी वृहद् मित्र मंडली में वह सहज शामिल हो गए। उनके हमारे कितने ही मित्र साझे थे—कुँवर नारायण, यू.आर. अनन्तमूर्ति, कैलाश वाजपेयी, कमलेश जी, अशोक वाजपेयी, रिनपोछे, प्रोफ़ेसर सरन, रमेशचन्द्र तिवारी, प्रोफ़ेसर कृष्णा।

उनके 75वें जन्मदिन का आयोजन किया, तो नामवर जी बड़े उत्साह से आए।

कृष्णनाथ जी ने 5वाँ निर्मल स्मृति व्याख्यान दिया तो कुँवर जी ने बड़ी प्रसन्नता से उसकी अध्यक्षता की।

कुँवर जी की 5वीं शताब्दी के बौद्ध भिक्षु कुमारजीव पर लिखी लम्बी कविता सुनने का सुखद संयोग भी हम दोनों को हुआ, अलग-अलग समय पर।

ૡ

अपनी परम्परा के साथ कृष्णनाथ जी का आत्मीय, हँसमुख सम्बन्ध मुझे हमेशा उद्वेलित करता रहा है। सूक्ष्म और सरस शोध मेरे अनुभव में कम ही आया है।

कृष्णनाथ जी नई चीज़ें निकालते हैं तो जो चीज़ें नष्ट हो गई हैं, हमारे समय में, हमारी मूर्खता से, किसी बर्बरता से, उनका भी बराबर उल्लेख करते हैं।

'नागार्जुनकोंडा' उनकी किताब अतुलनीय है।

ठीक उस समय मौक़े पर पहुँचकर लिखी हुई, जब दूसरी शती के बौद्ध दार्शनिक नागार्जुन का स्थान जल-मग्न होने को है। हैदराबाद से कुछ दूर।

किताब में उन्होंने नागार्जुन का जो पुराना संग्रहालय था, जो नष्ट हो गया, उसका ब्योरा दिया है। साथ में तसवीरें, जो उन्होंने स्वयं खींची थीं।

अगर कृष्णनाथ जी की वह किताब न हो तो आधुनिक पाठकों को कभी पता ही न चलेगा कि वहाँ नागार्जुनकोंडा में क्या-क्या चीज़ें थीं। हम लोग उसे सिर्फ़ एक बाँध की तरह जानेंगे, जहाँ नौका-विहार करके घूमने जाया जाता है।

हमारे किसी पुरखे ऋषि ने वहाँ कैसी साधना की थी, कैसे-कैसे ग्रंथ रचे थे, औषधियों का परिष्कार किया था, अभी कुछ वर्ष पहले तक वहाँ स्मृति-स्थल सुरक्षित थे, कोई बताने वाला ही न होगा।

इसी तरह की उनकी एक और किताब है—'पृथ्वी परिक्रमा'। कृष्णनाथ जी पेरिस, रोम, अमेरिका होते हुए हांगकांग से लौटे हैं। यह 1985-86 की यात्रा है।

इसमें उन्होंने अपने समय की सांस्कृतिक दुर्घटनाओं को बहुत विस्तार से, शोधार्थी की अचूक दृष्टि से दर्ज किया है। जब सान फ्रांसिस्को गए, रास्ते में पेरिस, रोम वग़ैरह होते हुए, वहाँ के म्यूज़ियम्स में तिब्बती ग्रंथों की पड़ताल करते हुए। तिब्बती बौद्ध धर्म की कौन-सी पुस्तकें किस संग्रहालय में हैं, इसकी विशद सूची वहाँ मिलती है।

इन पुस्तकों को पेरिस और रोम के संग्रहालयों में देखने का विवरण, कि चीन ने तो उस संस्कृति को नष्ट करने में कोई कोर-कसर बाक़ी नहीं रखी थी। जो भी चीज़ें वहाँ से स्मगल होकर 1959 के बाद, संग्रहालयों में पहुँच पाईं, उनके सब विशद नोट्स बड़े श्रमपूर्वक उन्होंने लिये हैं। यह फ़ोटोकॉपी के ज़माने से पहले की बात है।

इस पुस्तक को पढ़कर ही पता चलता है, कृष्णनाथ जी ने कहाँ-कहाँ जाकर, क्या-क्या जानकारी जुटाई, क्योंकि पुराने ग्रंथ सब जगह लगभग लुप्तप्राय हैं। कृष्णनाथ जी से हमें जानकारी मिलती है, वे ग्रंथ इस समय कहाँ-कहाँ मिल सकते हैं।

यह कृष्णनाथ जी का बहुत बड़ा काम है। बिना किसी तरह की सांस्थानिक मदद के उन्होंने ऐसा जीवन जिया, जिज्ञासा और प्रज्ञा से भरपूर।

☙

आज वह धरोहर केवल उनके निज की नहीं। वे अपने पौरुष से हम सब के लिए यह सम्पदा छोड़ गए हैं। उनके लेखन को पढ़कर हम जान सकते हैं, ये हमारे पास उस समय था, ये हमसे उस समय नष्ट हो गया था।

हमारे पास कृष्णनाथ जी के छोड़े गए दस्तावेज़ न हों तो बौद्ध धर्म और हिमालय या तो ग्रंथों में सिमटकर रह जाएगा या पर्यटन में फँसा कोई आत्म-विहीन भूदृश्य।

हिमालय से हज़ारों साल का हमारा सम्बन्ध, तपस्या, विनय और आत्म-संशोधन का।

इस सब जातीय स्मृति को जीवित बनाए रखने में कृष्णनाथ जी के अध्यवसाय की बड़ी भूमिका है। उनके कारण ही हम लोगों का एक मिसिंग कनेक्शन बनता है।

ଓ

यह मैं सबसे अधिक स्वयं के लिए कह रही हूँ—कृष्णनाथ जी की किताबें मैंने न पढ़ी होतीं तो मालूम नहीं, हिमालय मेरे लिए क्या होता।

हिमालय सिर्फ़ वह नहीं जो पत्थर में दिखता है, मौसम में दिखता है। हिमालय में रहकर जिन-जिन लोगों ने वहाँ ध्यान किये, काल और असीम से जो संवाद किये, उसमें जो सूक्ष्म वातावरण है, जब तक कोई उसकी बात न करता, हमें न बताता, तो हिमालय हमारे लिए हिमालय नहीं था।

कृष्णनाथ जी का सबसे मूल्यवान योगदान यह कि उन्होंने सारा हिमालय देखा, लद्दाख से लेकर अरुणाचल तक। यह नहीं कि एक हिस्से में गए और दूसरे को छोड़ दिया।

इन सारे हिस्सों में अलग-अलग समय पर वह गए, कभी उन्हें द्रौपदी याद आई, कभी कोई लामा योगी।

उन्होंने उन सबके बारे में लिखा और क्या ख़ूब लिखा।

[कृष्णनाथ जी के निधनोपरान्त बातचीत पर आधारित, 2015]

चिनिले ना आमारे कि?

चाँदी रंगे बादल भर गए हैं आसमान में। गहरे श्याम, सजल मेघ।

डूबता हुआ सूरज ढक गया है बादलों से। दूर क्षितिज के कोने में नारंगी आभा न हो, तो पता भी न चले, अभी शाम हो रही है।

कोलकाता के ट्रैफ़िक में उत्तर दिशा को भागती जाती हमारी कार।

कैसा आसमान है यह? काले में से झाँकती चाँदी। चाँदी में से सिर उठाते, घने काले मेघ।

किसी प्राचीन समय के बादल जैसे घिर आए हैं आज शाम इस बदहवास शहर पर—*चिनिले ना आमारे कि, चिनिले ना?*

मुझे चीन्हा नहीं क्या, चीन्हा नहीं?

चीन्ह रही हूँ, गुरुदेव! बिलकुल चीन्ह रही हूँ।

हम शंख घोष के घर जा रहे हैं। हमारे समय के बांग्ला भाषा के सबसे बड़े कवि। टैगोर साहित्य के अप्रतिम विद्वान।

प्रयाग जी ने उनसे आज शाम का समय लिया था। हमें रामकुमार की प्रदर्शनी में हो रही बैठक के बाद वहाँ जाना था। आकृति आर्ट गैलरी में जब श्रोताओं से बातचीत लम्बी होने लगी, प्रयाग जी ने संकोच और सौजन्यतावश कहा,

हमें देर हो रही है, हमने शंख घोष जी से समय ले रखा है।

तुरन्त सभा उठ गई। लोग पीछे हट गए।

यह मेरा प्रथम परिचय था शंख घोष की उपस्थिति से। उनके आने पर यहाँ किसी सभा में कैसा सन्नाटा छा जाता होगा, इससे।

ଓ

आज सुबह ही मैंने उनकी हिन्दी अनुवाद वाली कविताएँ फिर से पढ़ी थीं। बरसों पहले प्रयाग शुक्ल ने भारत भवन की किसी श्रृंखला के लिए उनका अनुवाद किया था, कवि से सहयोग करके। भोपाल में रहकर।

शंख घोष के गद्य ने, उस पुस्तक की भूमिका ने, मुझे चकित किया था। लगा ही नहीं, वह तीस बरस पहले लिखा गया होगा।

एक कवि का गद्य। गिने-चुने शब्द। सधा-तना वाक्य-विन्यास। दूर से ही पहचान में आ जाता है।

कथन में कुछ दूर जाकर टूटता पैरा। जैसे उस जगह रुककर भाषा साँस ले रही हो। अगले वाक्य में आने से पहले ठिठक रहा हो शब्द।

जिस विषय पर एक गद्य लेखक ज़ोर देने के लिए चार वाक्य लिखेगा, बड़ा कवि ज़रा-सा छूकर उसे छोड़ देगा। अपनी कही के गिर्द अनकही को लिपटने देने का अवकाश देगा।

उसकी अनकही को लपकने के लिए आपको पन्ने पर धीरे-धीरे बढ़ना होगा। शब्दों के आसपास ख़ाली जगह को भी पढ़ना होगा।

क्या शब्द ही मौन को नहीं रचते?

सुबह से शंख घोष के इस वाक्य पर मैं अटकी हूँ।

ଓ

मैं उनसे बात क्या करूँगी, प्रयाग जी? आप ही सब कहिएगा। मैंने उन्हें ठीक से पढ़ा भी नहीं।

एक कवि से हम कह ही क्या सकते हैं?

कवि तो स्वयं ही शब्दों की आड़ में खड़ा होता है। उसकी कविता प्राय: हमें एक सन्नाटे या सन्न कर देने वाले बिन्दु पर ला छोड़ती है। तिस पर वह शंख घोष। अपने नपे-तुले शब्दों, अपनी मौन आभा के लिए ख्यात।

मैं उन्हें सिर्फ़ देखूँगी और सुनूँगी। मैंने सोच लिया है। ज़रूरी नहीं, हर वार्तालाप में शब्द हों ही।

उन्हें टैगोर की एक-एक पंक्ति याद है। पंक्ति सुनकर बता सकते हैं, यह कहाँ से है।

प्रयाग जी बताते हैं।

मेरे लिए शंख घोष से धागा बाँधने के लिए आज की शाम यह काफ़ी है।

ଓ

गुरुदेव! महात्मा बुद्ध से भी ज़्यादा उनकी जीवन्त ऐतिहासिक उपस्थिति ने मथा है मेरे दिल को।

अपना फड़फड़ाता दिल सीने में लिये अकेले चले जाते गुरुदेव।

शान्तिनिकेतन बनाते हैं। फिर नोबल पुरस्कार राशि से ग्रामीणों के लिए सहकारी बैंक, जो डूब जाएगा। विश्वभारती के लिए धन जुटाने बड़ी उम्र में नाटक मंडली लेकर निकल पड़ते हैं, स्वयं अभिनय कर रहे हैं।

गांधी जी को कहना पड़ेगा अपने साथियों से, हमें कुछ करना चाहिए, गुरुदेव इस उम्र में शहर-शहर घूम रहे हैं, कष्ट उठा रहे हैं। 1930 के दशक में।

कैसा तो चेहरा है गुरुदेव का।

अन्यमनस्क।

आँखें उतना बाहर नहीं, जितना भीतर को देखती हैं।

एक ही समय में उपस्थित-अनुपस्थित।

पचास-बावन के रहे होंगे तब? अधपकी दाढ़ी है तसवीर में।

इतनी दुनिया घूमे। लोगों से मिले-बिछुड़े। हँसे-बोले। तसवीरें देखो तो वही बीहड़ सूनी आँखें।

कहाँ निकल जाते थे गुरुदेव? काया तसवीर में है, मन कहीं दूर निकल गया है। अकेला।

ঙ

यह देश-विदेश के विद्वान शान्तिनिकेतन में बुला लाने वाले ऋषि नहीं।

यह 'गोरा', 'योगायोग' जैसे उपन्यासों वाले टैगोर नहीं।

पराधीन भारत को राष्ट्रवाद की अनूठी परिभाषा बताने वाले आधुनिक मनीषी भी नहीं।

यह मर्मान्तक गीतों वाले रवीन्द्रनाथ हैं तसवीर में। *मोर डाना नाइ, आछि एक ठाँइ, से कथा ये याइ पाशरि...*

मेरे डैने नहीं, एक ही जगह हूँ, यह बात भूल जाता हूँ... *आमि चंचल हे...*

कितना प्रेम करते थे इस दुनिया से, इसके सुन्दर मानस से, इसके अशान्त मन से, प्रकृति से। पंचभूतों से कैसा तार मिला लिया था।

जिस दिन मेरा हृदय प्रेम से भरा होता है, सूर्य-किरणों की उज्ज्वलता बढ़ जाती है। इसी से मैंने जाना है कि जल-स्थल-आकाश मेरे हृदय के तन्तुओं से बुना गया है... ऐसा न होता तो मेरी भाषा के योग के साथ उसका कोई योग न होता!

ज़रा ध्यान दें, हृदय मिट्टी आदि पंचभूतों से नहीं, बल्कि यह समस्त सृष्टि हृदय के तन्तुओं से बनी है!

ঙ

गुरुदेव को समझना हो तो जो उन्होंने नहीं जिया, नहीं जी पाए, उसे भी पकड़ना होगा।

जिसकी ओर इशारा करके उन्होंने अधकहा छोड़ दिया, उसे भी बूझना होगा।

दिव्य के आगे ऐसा समर्पण, मानवीय प्रेम की ऐसी उत्कट चाह और ऐसा एकाकीपन एक यशस्वी का।

☙

मैत्रेयी देवी के संस्मरण 'टैगोर बाय द फ़ायर साइड' में थोड़ी-सी झलक उनके इस अकेलेपन की मिलती है। और उनके अपने गीतों में। दिल जैसे सीने से बाहर निकल आया है, जैसा कुछ समुद्री जीवों में होता है—नंगा, धड़कता, पारदर्शी दिल—काया के बाहर।

कहा करते थे गुरुदेव, *मेरी कथा-कहानियों को भले दुनिया भूल जाए, गीतों को न भुला पाएगी...*

सही कहते थे।

नहीं भूल पाए उन्हें बंगाली। भारतवासी।

अपने अकेलेपन से उनके अकेलेपन को आत्मसात कर लिया पाठकों ने।

बांग्लादेश ने तो अपना मुक्ति संग्राम ही उनके गीतों को सीने से लगाकर लड़ा था। *आमार सोनार बांग्ला...*

कोलकाता हवाई अड्डे पर उतरते ही उनका चेहरा दिखा था। पूरी दीवार को घेरती बड़ी-सी तसवीर। फिर शहर में और भी कई जगह। कवि ने घेर रखा है हमारे जीवन को।

इसे कहते हैं पितृ छाया? पितृ उपस्थिति? पितृ आशीर्वाद?

मैं फिर आ गई गुरुदेव! आपसे ही मिलने आना होता है इस शहर में।

चिनिले ना आमारे कि, चिनिले ना?

☙

इलाक़े का नाम है—ईश्वरचन्द्र निवास। जहाँ शंख घोष रहते हैं। क्या ईश्वरचन्द्र विद्यासागर के नाम पर है? नाम कितना सुन्दर है—विद्यासागर!

प्रयाग जी को सड़क याद है, कॉलोनी भी। यहाँ से मुड़ना है, वहाँ से घूमना है। चार मंज़िले मकान हैं। अपार्टमेंट।

अँधेरा घिर आया है। पेड़ों के झुरमुट के पास हम उतरते हैं।

जो प्रयाग जी को याद नहीं, वह यह, कि शंख दा का मकान तीसरी मंज़िल पर है, नीचे नहीं। हम सीढ़ियाँ चढ़ रहे हैं। प्रयाग जी ज़रा धीरे-धीरे।

ताज्जुब है, मुझे सीढ़ियाँ बिलकुल याद नहीं। तब मैं युवा था।

आज शाम स्मृति खेल करने वाली है।

जो याद है, वह धुंधला हो जाएगा। जो धुँधला था, वह सतह पर आ जाएगा।

ଓ

मीठी/टिया।

दरवाज़े पर लिखा है।

बांग्ला लिपि में।

टिया है कि तिया?

मैं प्रयाग जी से पूछती हूँ। निर्मल की एक पात्र कौंध गई है स्मृति में।

टिया।

प्रयाग जी कहते हैं।

शंख घोष की दो बेटियाँ हैं। उनके नाम लिखे हैं।

बड़ी ममता वाले हैं शंख घोष। इतने बड़े कवि और कन्या-हत्या वाले हमारे देश में उनके दरवाज़े पर लिखा है—मीठी/टिया!

जैसे घंटी बजते ही दौड़ी आएँगी दोनों बच्चियाँ।

मैं मुस्करा देती हूँ कि याद आता है, आज सुबह ही प्रयाग जी ने टोका था।

क्या ऐसा पहले भी होता था आपके साथ? आप अचानक मुस्कराने लगती हैं, कहीं और देखने लगती हैं...

मैं चेत गई।

एक लम्बा समय यदि आप अकेले रहे हों, विशुद्ध एकान्त में, तो ऐसा हो जाता होगा। बाहर और भीतर के बीच रेखा धुँधली पड़ जाती होगी।

ଔ

दरवाज़ा खुलते ही एक कोने में रखे जूते दिखाई पड़ते हैं। किसी जापानी घर की तरह।

हम जूते उतार भीतर जाते हैं। दरवाज़ा किसी महिला ने खोला था।

सामने घुसते ही बैठक नहीं है। एक ओर है। हम बढ़ आए हैं। पुस्तकों की अलमारियों ने हमें बुला लिया है।

दीवार में एक खिड़की है। उससे भीतर आती हवा। उसके साथ लगा एक दीवान। एक मेज़।

चारों ओर पुस्तकें। छत तक। कहीं-कहीं बीच में ठुसे सम्मान चिह्न।

ध्यान से देखने पर लगता है, सजावट नहीं है, तो अस्त-व्यस्त भी नहीं है। हर चीज़ ऐसे रखी है, जैसे उसे होना था। सामने दीवार पर यामिनी राय की एक तसवीर। बेंत की कुर्सियाँ। मेज़।

यहाँ आगन्तुक के लिए कौन-सी जगह होती होगी?

हम ठिठकते हैं।

शंख घोष कब आ खड़े हुए हैं, पता नहीं चला।

आप कहाँ बैठते हैं? नमस्कार के बाद प्रयाग जी उनसे पूछते हैं।

खिड़की के पास वाली कुर्सी पर। वह इशारा करते हैं।

हम उनके लिए जगह बनाते हैं। उनकी कुर्सी पर गद्दी नहीं है। उसके साथ वाली पर दो हैं। क्या एक गद्दी उनकी कुर्सी पर रख दूँ?

वह नंगी बेंत कुर्सी पर ही बैठ गए हैं। ऐसे ही बैठते होंगे शायद। हम भी बैठ जाते हैं उनके बैठने के बाद। मैं उनके पास, प्रयाग जी मेरे दूसरी ओर।

बांग्ला में मेरा परिचय दे रहे हैं प्रयाग। 'निर्मल' शब्द मेरी पकड़ में आता है। मैंने अपना सरनेम नहीं बदला था, लेकिन निर्मल का नाम मेरे साथ चला आता है। आज की शाम भी। उनका चेहरा देख मैं कुछ नहीं जान पाती, शंख घोष उन्हें जानते थे कि नहीं।

क्या हम पहले मिले हैं?

शंख घोष मेरी ओर मुड़ते हैं।

मैं मुस्करा रही हूँ।

आप बताइए तो?

वह अचकचा जाते हैं। उठकर बाहर चले जाते हैं।

हमारी वार्ता शुरू हो चुकी।

ଔ

आज शाम वह इसी तरह कई बार उठेंगे, बाहर जाएँगे। यह हमारे उनके बीच पर्दा होगा। मौन का पर्दा। विश्राम का पर्दा। अपरिचय से परिचय तक आने का गोपन रास्ता।

कैसा विलक्षण गद्य लिखते हैं आप।

मेरी आँखें जैसे सपने में चमक रही हैं। मैं अभी भी वहीं रुकी हुई हूँ। *क्या शब्द ही मौन को नहीं रचते?*

वह नज़र हटा लेते हैं।

क्या पढ़ा है इन्होंने?

वह प्रयाग जी से पूछते हैं बांग्ला में।

वही आपकी राजकमल वाली पुस्तक। उसमें आपकी भूमिका।

कुछ और पढ़ सकती हूँ? अंग्रेज़ी में आपके अनुवाद हुए हैं क्या?

नहीं। बहुत कम। अनुवादों में वह मैं नहीं हूँ।

अपनी मातृभाषा के आग्रही हैं शंख घोष। उनकी एक कविता कहती है—*छूता नहीं हूँ मैं नीम या शिरीष को, डर लगता है, कहीं बोल न उठें वे अंग्रेज़ी में!*

आपका लिखा मैं कुछ पढ़ सकता हूँ अंग्रेज़ी में? मुझसे पूछते हैं।

न। मैं भी वह नहीं हूँ अंग्रेज़ी में। उसे पढ़ने की बजाय तो आप न ही पढ़ें।

हम मुस्करा रहे हैं आत्मीय मुस्कान। तीन भारतीय कवि। सब सही-सही सम्प्रेषित हो रहा है हमारे बीच। अनुवाद से अधिक तो हम वैसे ही जान जाएँगे एक-दूसरे को बातचीत में।

जिस अंग्रेज़ी भाषा में हमारा वाक्य-विन्यास ही औंधा हो जाता है, वह हमारी बात कैसे कहेगी? वाक्य में पहले क्या, बाद में क्या होना है, यही सब तो खेल है कविता का।

शंख घोष बाहर गए हैं। शायद चाय कहने के लिए।

आप ही बात करिएगा—मैं फिर प्रयाग जी से बुदबुदाती हूँ—*मैं क्या कहूँगी उनसे?*

कुछ अनुमान नहीं मुझे, आज शाम क्या कुछ बाहर निकल आने वाला है मेरे भीतर से।

ও

टैगोर के बारे में कुछ बताएँगे आप, अपने हृदय के टैगोर के बारे में?

जाने कैसे मेरे मुँह से निकल पड़ा है। वह लौटकर आए हैं, तब।

आप बता सकती हैं? अपने हृदय के टैगोर के बारे में?

पलटकर उन्होंने मुझसे पूछा है। धीमी आवाज़ में। जैसे मुझसे नहीं, स्वयं से बात कर रहे हों।

सोच में पड़ गई हूँ मैं। स्वप्न में चली गई हूँ।

बता सकती हूँ...

लौटकर आते हैं तो शंख घोष से मैं कहती हूँ।

कभी-कभी मैं अकेले में बात करती हूँ...अकेली रहती हूँ शायद इसलिए। आसपास कोई है नहीं, इसलिए। मुझे लगता है, कुछ बातें मैं सिर्फ़ टैगोर से ही कह सकती हूँ। किसी और से नहीं...सिर्फ़ वही हैं सारे संसार में, जो मेरी बात समझ पाएँगे। ये जो हमारे दिल में कुछ घुमड़ता रहता है। अशान्त-सा। कई बार लगता है, मैं उनसे कुछ नहीं भी कहूँगी, तो भी वह समझ लेंगे मेरे दिल की गोपन बात। अगर शब्द में कहकर बताया तो क्या बताया। सुनकर किसी ने समझा तो क्या समझा। उन्होंने रतन के दिल की बात जान ली थी। अमाल की बात जान ली थी। वह मुझे भी समझते होंगे...

शंख घोष की पलकें फड़फड़ा रही हैं। वह मुझे सुन रहे हैं। मैं उन्हें देख रही हूँ। उनकी पलकों की फरकन।

वह उठ गए हैं। बाहर चले गए हैं। लौट आए हैं।

ꕥ

क्या कहे जा रही हूँ मैं? देश-काल की सब सीमा मिट गई है मेरे मन से। साहित्य और यथार्थ की भी। कभी कथा में जा रही हूँ, कभी कविता में।

टैगोर जैसे जीवित हों, जीवन्त हों, फ़ोन के दूसरी तरफ़, सन्नाटा सुनते हुए।

एक पाठक के एकान्त में कब, कैसे, एक लेखक इतना जीवित हो उठता है? शेष समस्त दुनिया से अधिक निकट, उसका आत्मीय?

*मैं तुम्हें जाने नहीं दूँगी...*सड़क किनारे चार साल की बच्ची...गाड़ी में पिता का सामान लदते देख रही है, जानती है, चले जाएँगे और वह कुछ नहीं कर पाएगी। उठकर लिपटती नहीं वह पिता से, रास्ता नहीं रोकती, वहीं बैठे-बैठे कहती है जैसे स्वयं से—*मैं तुम्हें जाने नहीं दूँगी...*

चराचर में किसे रोक रखेगी, अपने दो छोटे हाथों से पकड़कर? केवल इतने से हृदय में लिये स्नेह, इस नन्ही-सी देह के साथ, किससे करेगी युद्ध?

टैगोर की कविता—बच्ची नहीं, पिता की वेदना में लथपथ।

टैगोर मुझसे मिलने आए थे...

यह शंख दा ने मुझसे क्या पूछ लिया—आप बता सकती हैं अपने हृदय के टैगोर के बारे में?

आज शाम मुझे कोई नहीं रोक पाएगा। सब लुढ़कता-पुढ़कता बाहर आ जाएगा। मेरे दिल का रहस्य।

उन्नीस-बीस बरस की थी मैं। अमृता प्रीतम के बहुत निकट थी उन दिनों। उन्होंने मुझे एक छोटी-सी पुस्तिका दी थी, टैगोर-विक्टोरिया ओकैम्पो के पत्रों की। कृष्ण कृपलानी द्वारा सम्पादित की हुई। मुझे उसका अनुवाद करना था पंजाबी में। एक पूरी रात मैं बैठी रही। अनुवाद करती रही। समय भूल गई।

मेरा कमरा तीसरी मंज़िल पर था, माँ-बाप के घर में। उन दिनों मैं नीचे चौकी रखकर लिखती थी।

भोर हुई। जामुनी-सी रोशनी। ऐसी रोशनी मैंने फिर कभी नहीं देखी...मेरे दरवाज़े का कमरा खुला था। मुझे लगा, वहाँ टैगोर आए हैं...मेरे कन्धे के पीछे से झुककर देख रहे हैं नीचे, मेरी कॉपी पर, मैंने क्या लिखा है। उनका गाउन, उनकी दाढ़ी, उनका आभास। अभी तक सब स्पष्ट है मेरी स्मृति में।

आपने कभी लिखा इसके बारे में?

न! मैं क्या लिखती? कौन विश्वास करता? क्यों बताना था मुझे किसी को? इतनी नाज़ुक घटना, मेरे जीवन की इतनी क़ीमती बात...उपहास उड़ता उसका। एक-दो अन्तरंग लोगों को बताया था। तब क्या पता था, भविष्य में एक दिन मैं लेखक बनूँगी...पता नहीं कैसे आज आपसे सब कहने बैठ गई हूँ। इतने बरसों बाद।

वह उठ गए हैं। बाहर चले गए हैं।

ര

इस तरह घेरता है हमें एक कवि? एक पितृ कवि? कौन हैं मेरे शंख घोष, जो यह सब कहे जा रही हूँ उनसे?

मैंने सोचा था, मेरा लिखना हो चुका। जो भी मुझे कहना था, कह दिया। अब मुझे लगता है, मैं फिर से लिखूँगा।

वापस आते हैं तो बुदबुदाते हैं।

चाय आ गई है। हल्का ब्राउन लिकर। उसका रंग देखकर ही अच्छा लग रहा है। साथ में मालपुआ।

ऐसा क्या हुआ अभी, जो आपने कहा, आप फिर से लिखेंगे?

मैं उन्हें पकड़ना चाहती हूँ। वह बार-बार उठकर बाहर जाते हैं, जैसे लुकन-छिपी हो। देखूँ, मेरी पकड़ में आते हैं कि नहीं।

आप जानती तो हैं कैसे शुरू होता है लिखना? आप लिखती हैं न? नज़र से नज़र मिलाकर वह कहते हैं। धीमी रहस्यमयी आवाज़ में।

एक सिहरन, सेंसेशन गुज़रती है सारे बीइंग में।

उन्होंने देह नहीं कहा। कहा है, *बीइंग।* होना। जिन कई चीज़ों के कारण हम होते हैं, देह उनमें से केवल एक है।

मैं सावधानी से उनके शब्द पकड़ती हूँ। प्रयाग जी को अनुमान है कुछ, क्या हो रहा है?

कल से प्रयाग जी शंख घोष के व्याख्यान पढ़ रहे हैं। बांग्ला में। छोटी-सी सुन्दर पुस्तिका। 'होने का दुख'। अभी बहुत समय है मनुष्य के पूर्ण चेतस होने में। यही उसका दुख है। इस स्थापना के गिर्द बुना गया है व्याख्यान।

क्या प्लैंचेट वाली बात सही है? क्या सचमुच गुरुदेव प्लैंचेट करते थे? सहसा मैं शंख दा से पूछती हूँ।

कुछ वर्ष पहले हिन्दी में संयोगवश एक किताब देखी थी—'रवीन्द्रनाथ की परलोक-चर्चा'। उसकी भूमिका से पता चला, अपने जीवन के कोई दो-ढाई महीने टैगोर प्लैंचेट करते रहे थे। सन् 1929 में। 68-69 बरस की आयु में।

माध्यम के द्वारा आत्माओं का आह्वान, उनसे बातचीत, आत्मा उँगली पकड़ लिखवा देती थी अपनी बात।

यह वह समय था, जब एक ओर स्वाधीनता की लड़ाई लड़ी जा रही थी, दूसरी ओर थियोसोफ़िकल सोसायटी की धूम थी।

कितनी बिछुड़ी आत्माएँ आईं उन दिनों में, गुरुदेव के बुलाने पर। क्या कुछ पूछा उन्होंने।

दो दुनियाओं के बीच एक कवि। जाने कब से शोकाकुल।

फिर कुछ समय बाद सब बन्द कर दिया उन्होंने। दूसरी दुनिया को नहीं छेड़ना चाहिए, कहकर।

सब जानते हैं, निजी जीवन में कितने मृत्यु-आघात गुरुदेव को झेलने पड़े थे। जोड़ासांको की एक शाम का मार्मिक वर्णन कृष्ण कृपलानी की जीवनी में मिलता है, जब बैठक में साहित्य-चर्चा हो रही थी और मकान के दूसरे किसी

कक्ष में उनकी पुत्री अन्तिम साँस ले रही थी। वह उसे होम्योपैथी की एक पुड़िया खिलाकर वापस आ गए बैठक में, ध्यान सब वहीं था। जानते थे, दूसरे कमरे में मृत्यु खींचकर ले जा रही है बेटी को। तब तक शायद बहुत सारी मौतों को देख चुके थे गुरुदेव।

बड़े भाई की पत्नी और उनकी मित्र, उनकी समवयस, कादम्बरी देवी आत्महत्या करके मरी थीं। टैगोर के विवाह के दो दिन बाद। जोड़ासाँको की निचली मंज़िल पर था यह कमरा। पहले दिखाया जाता था। अब निचली सारी इमारत आगन्तुकों के लिए निषिद्ध है।

एक और शाम का वर्णन मिलता है, शायद केतकी कुशारी डायसन की पुस्तक थी। 1924-25 का, अर्जेन्टिना में। विक्टोरिया ओकैम्पो उनसे भेंट करने आई हुई थीं, जब अचानक गुरुदेव उठकर कुछ समय के लिए बाहर चले गए, छज्जे पर। लौटे तो काफ़ी देर चुप थे। बोले, *मेरा बेटा मिलने आया था...*

ग्यारह बरस का उनका बेटा शमी, शक्ल-सूरत में बिलकुल गुरुदेव पर। बहुत जुड़ाव था उस बच्चे से। शान्तिनिकेतन स्कूल के अपने साथियों के साथ घूमने गया था, मुंगेर, बिहार, जब हैजे से उसके अकस्मात् निधन का समाचार गुरुदेव को मिला था।

ଔ

हाँ, यह सच है। कुछ समय तक टैगोर प्लैंचेट करते थे।

उस पुस्तक पर बहुत विवाद उठा था। लोगों ने कहा, वह मन-गढ़न्त पुस्तक है, लेकिन लेखक को विश्वभारती संग्रहालय के पेपरों में वे काग़ज़ मिले थे, जिन पर माध्यम के ज़रिये आत्मा बुलाने और उनसे लिखित बातचीत का विवरण था। बहुत-सी आत्माएँ जो उन दिनों गुरुदेव के आह्वान करने पर आईं, उनमें सत्यजित राय के पिता सुकुमार राय की आत्मा भी थी।

आपको हिन्दी में वह पुस्तक कहाँ मिल गई?

शंख दा को हैरानी हो रही है।

आपको याद है, पुस्तक में जब एक शाम एक डूबी हुई स्त्री वहाँ आ जाती है? उसका किसी ने आह्वान नहीं किया था। वह अपने आप आ गई है। प्लैंचेट माध्यम लिख रही है। अचानक काग़ज़ पर गुरुदेव के गीत की एक पंक्ति...सब अवाक् देख रहे हैं, आत्माओं से हो रही बातचीत में यह पंक्ति कहाँ से आ गई? पूछते हैं। पता चलता है, वह एक डूबी हुई स्त्री की आत्मा है, जो मरते समय गुरुदेव का गीत गा रही थी...इस शाम उनसे मिलने आ गई है, बिना बुलाए!

शंख घोष मुझे देख रहे हैं एकटक। गुरुदेव के ऐसे पाठक भी हैं?

क्या सचमुच ऐसा होता है? एक लेखक की तरह एक पाठक की भी दूसरी ज़िन्दगी होती है? कभी-कभी तीसरी ज़िन्दगी भी—मृत्यु के परे?

जैसे उस डूबी हुई स्त्री की...

ଓ

आपने गुरुदेव के बारे में पहली बार कब जाना था?

मैं उनसे पूछती हूँ।

अपने गाँव में था मैं। नौ बरस का। हमारे गाँव में उनका नाटक हो रहा था 'मुक्तधारा'। विचित्र संयोग है, मेरा प्रथम परिचय टैगोर के नाटक से हुआ था, उनकी कविता से नहीं।

विचित्र है। मैं भी नौ बरस की थी, जब मैंने उन्हें पहली बार पढ़ा। अभी तक याद है, कक्षा में एक-एक पैरा हम पढ़ रहे थे 'काबुलीवाला' कहानी, जब मैडम ने मुझसे पढ़ने को कहा। पंजे की छाप वाला काग़ज़ जैसे डूब गया मेरी आँख में, फिर साँस में, हिचकियों में। सारी क्लास देखने लगी। अभी तक जैसे मैं वही पन्ना पढ़ रही हूँ।

आपने मुक्तधारा नाटक पढ़ा है? नहीं? उसे पढ़ना चाहिए।

दिल्ली लौटते ही सस्ता साहित्य मंडल जाती हूँ, जहाँ से अभी-अभी टैगोर रचनावली आई है, पचास खंडों में। गुरुदेव को अपनी भाषा में पढ़ने की बात ही कुछ और है।

गाँव कहाँ था आपका?

पूर्वी बंगाल में।

तब तो आपने विभाजन देखा होगा?

मैंने सब देखा है। मैं शरणार्थी हूँ...

शंख दा की धीमी आवाज़ और भी धीमी हो आई है।

दूसरा महायुद्ध, बंगाल का अकाल, विभाजन, दंगे—सब देखा है मैंने...

कहीं दूर चले गए हैं शंख घोष। हम उनके लौट आने की प्रतीक्षा करते हैं।

आप इतने परिचित क्यों लग रहे हैं? जैसे मैं कभी आपसे मिली हूँ। क्या कभी दिल्ली आना हुआ है आपका?

बहुत कम। सन् 2011 में आया था।

और कभी?

सन् 1974 में मैं फ़रवरी-मार्च महीने में दो महीनों के लिए दिल्ली यूनिवर्सिटी में विज़िटिंग प्रोफ़ेसर था।

मॉडर्न इंडियन लैंग्वेजेज में?

हाँ। डॉ. आर.के. दासगुप्ता थे वहाँ पर।

वह डीन थे, तब? मैं वहाँ अक्सर जाया करती थी।

हो सकता है, हम तब मिले हों?

मैं भी उन्हें पूर्व परिचित लग रही हूँ। वह भी यह पहेली हल करने में लगे हैं।

बच्ची थी तब मैं, चौदह साल की! मेरी माँ उस विभाग में पीएच.डी. कर रही थीं। डॉ. हरिभजन सिंह उनके गाइड थे। कभी-कभी माँ के साथ मैं भी वहाँ जाती थी। आपको याद है, वहाँ दीवार पर टैगोर की एक बड़ी-सी तसवीर लगी थी—आदमकद? पीठ पीछे हाथ बाँधे खड़े हैं, ज़रा-सा सिर ऊपर उठाकर देखते हुए? मैं छोटी-सी, वो इतने बड़े। मुझे लगता, मुझे देखने के लिए ही वह इस तसवीर में रुके हैं, सिर ऊपर उठाया है...

सुन रहे हैं ध्यान से शंख घोष।

मैं आपसे वहाँ मिली थी सच!

ꙮ

सहसा मैं उन्हें विभाग में आते हुए देख सकती हूँ। धुँधले लेंस के नीचे कुछ साफ़ होता जान पड़ता है। कक्ष-द्वार पर शंख घोष। उनकी पीठ पर पड़ती धूप छाया। मेरी कल्पना का खेल है यह? या कि सचमुच ऐसा हुआ था?

क्या इस बात का अब कोई अर्थ है?

हम पहले मिले हैं।

मैं हँस रही हूँ। चालीस बरस पहले के शंख घोष। चौदह बरस की मैं। यह हमारी पहली भेंट नहीं है...

मेरी एक छोटी-सी पुस्तक है अंग्रेज़ी में, टैगोर पर। वह आपको भेजूँगा। उसे पढ़कर आप मुझे बिलकुल भूल जाएँगी। सिर्फ़ टैगोर याद रहेंगे!

सच?

ऐसे मौनी शंख दा। सचमुच मुझे किताब भेजेंगे? मैं अभी से प्रतीक्षा में जाकर खड़ी हो गई हूँ। दूर शहर अपने घर में।

ꙮ

क्या यह सच है कि अन्तिम यात्रा के दौरान लोगों ने टैगोर के बाल नोच डाले थे, उनकी निशानी रखने के लिए?

मुझे सब जानना है आज। कैसे जिये, कैसे इस दुनिया से गए थे गुरुदेव।

आपने सत्यजित राय की डॉक्यूमेंटरी देखी है टैगोर पर?

जी।

उसमें अन्तिम यात्रा का दृश्य है। याद करिए। वहाँ सारी भीड़ व्यवस्थित है। पंक्ति में चल रही है। हुआ यह था, कि एक व्यक्ति जो अन्तिम यात्रा देखने के लिए पेड़ पर चढ़ा हुआ था, नीचे आ गिरा, उससे कुछ देर के लिए भगदड़ मच गई थी उस दिन बस। और कुछ नहीं हुआ था।

शंख दा कह रहे हैं तो यही हुआ होगा। उनसे बड़ा अधिकारी कौन है टैगोर पर?

वह, जैसे ऊपर खिड़की से, सामने उजाड़ मैदान में जाते हुए।
: में।
। ही रहते होंगे मौन?
न-छिपी है संयोगों की। एक खाँचे से वह बाहर आते हैं, मैं

वाला दरवाज़ा है यह जीवन?
ोलकाता में तीसरी मंज़िल पर उनका घर। उससे सैकड़ों कोसों
सी दुनिया में।
ाम प्राचीन किन्हीं बादलों को देखते-देखते मैं यहाँ आन पहुँची
कवि की छाया के नीचे हम खड़े हैं। कभी उन्होंने पूछा है,
हम पहले कभी मिले हैं?

ꕥ

: रहे हैं। बाहर अँधेरा है, सीढ़ियों में रोशनी। अन्तिम घुमाव
रुकती हूँ। सिर उठाकर ऊपर देखती हूँ।
भी तक सीढ़ियों में खड़े हैं।
का शेष बस यही बिम्ब रह जाएगा?
वपुरुष का, जो दृश्य में है भी और नहीं भी।
क दिये से दूसरा दिया जलता है? एक मन से दूसरा मन
? कोई अदृश्य जीवन हमें बुलाता है?
ारे पंचभूतों से यह विश्व प्राणवान बनता है?

ꕥ

जी शंख घोष के नये कविता-संग्रह में से एक कविता का
ज्योत्स्ना पथ पर चला जा रहा हूँ...ऊपर-नीचे गिरता पहिया

आपने ऋतुपर्णो घोष की जीव

नहीं। उसकी बहुत आलोच
टैगोर पर बांग्लादेश में बनी है। नि
भेजूँगा।

आप कष्ट करेंगे। मैं ढूँढ़ लूँग

आपको नहीं मिलेगी। निर्देश
अपना पता लिख दें।

मुझे विश्वास नहीं हो रहा लो
पता लिखवा लिया है। बहुत दिनों ब
बार शायद सन् 2000 था, जब
खोली थी...

सुन्दर सकुचाए अक्षरों में व
एक लम्बी-सी लकीर, अन्त में गो

कैसा नाम है—शंख घोष!

आवाज़ सुननी हो तो इतनी
लगाना पड़ेगा शंख।

गगन भी आयोवा में थीं...

चलते-चलते प्रयाग जी उनसे

आप वहाँ थे? कब?

पहले साल में ही।

पॉल एंगल के समय में? कि

एक साल के लिए। सन् 67
एक बरस का होता था।

आयोवा की बर्फ़ में पैदल
आठवीं मंज़िल पर उनका कमर

मुझे दिख रहे है
बर्फ़ में। धुँधल

वहाँ भी ऐ

कैसी लुक
भीतर जाती हूँ।

कोई घूमने

इतनी दूर
दूर, मैं दूसरी वि

आज की
थी। एक दिवंग
कभी मैंने—*क्य*

हम सीढ़ियाँ उत
मुड़ने से पहले

शंख घोष

सारी शाम

और एक

इस तरह
प्रकाशित होता है

इस तरह ह

अगले दिन प्रया
भाव बताते हैं—
बढ़ा जा रहा है...

क्या इसी ज्योत्स्ना पथ को देखा था मैंने, कोलकाता के आकाश में, कवि के घर जाते समय?

चिनिले ना आमारे कि, चिनिले ना?

[2014]